बीडल कवि की कहानियाँ

THE HARRY POTTER SERIES

In reading order:
Harry Potter and the Philosopher's Stone
Harry Potter and the Chamber of Secrets
Harry Potter and the Prisoner of Azkaban
Harry Potter and the Goblet of Fire
Harry Potter and the Order of the Phoenix
Harry Potter and the Half-Blood Prince
Harry Potter and the Deathly Hallows

Also available in Latin:
Harry Potter and the Philosopher's Stone
Harry Potter and the Chamber of Secrets

Also available in Welsh, Ancient Greek and Irish:
Harry Potter and the Philosopher's Stone

COMPANION VOLUMES

Available in English, Bangla, Gujarati, Hindi, Kannada, Malayalam, Marathi, Tamil, and Telugu

Fantastic Beasts and Where to Find Them
Quidditch Through the Ages
(Published in aid of Comic Relief and Lumos)

The Tales of Beedle the Bard
(Published in aid of Lumos)

The three companion volumes also available as:
The Hogwarts Library
(Published in aid of Comic Relief and Lumos)

ILLUSTRATED EDITIONS

Illustrated by Jim Kay
Harry Potter and the Philosopher's Stone
Harry Potter and the Chamber of Secrets
Harry Potter and the Prisoner of Azkaban
Harry Potter and the Goblet of Fire
Illustrated by Jim Kay with Neil Packer
Harry Potter and the Order of the Phoenix

Illustrated by Olivia Lomenech Gill
Fantastic Beasts and Where to Find Them

Illustrated by Chris Riddell
The Tales of Beedle the Bard

Illustrated by Emily Gravett
Quidditch Through the Ages

प्रशस्ति

जे.के. रोलिंग की पुस्तक

बीडल कवि की कहानियाँ

'मौलिक ताज़गी से भरी... और आश्चर्यजनक रूप से संतुष्टिदायक।'

संडे टाइम्स

'पाँच मनमोहक कहानियाँ, जिन्हें लेखिका ने वाकपटुता और सतर्कता के आत्मविश्वासी सम्मिश्रण के साथ बताया है, बच्चों और उनके माता–पिता दोनों को सबक़ सिखाती हैं।'

संडे एक्सप्रेस

'कहानियाँ उसी ढीठ, व्यंगपूर्ण हास्य से भरपूर हैं, जो पॉटर पाठकों के लिए जाना–पहचाना है।'

फ़ाइनेंशियल टाइम्स

'एक मज़ेदार पुस्तक, जिसमें फुटनोट्स भी हैं। यह हैरी पॉटर के किसी भी क़रीबी विद्यार्थी को तल्लीन कर देगी।'

ऑबज़र्वर

'कहानियाँ मौलिक, विविधतापूर्ण, विनोदपूर्ण और बुद्धिमत्तापूर्ण हैं... कहानीकारी की दावत।'

बुक्स फ़ॉर कीप्स

प्रशस्ति

जे.के. रोलिंग की पुस्तक

बीडल कवि की कहानियाँ

मूल कूटलिपि का अनुवादः हर्माइनी ग्रेंजर

प्रोफ़ेसर एल्बस डम्बलडोर की टिप्पणियों के साथ

अनुवाद – डॉ. सुधीर दीक्षित

चित्रकारः टॉमिस्लाव टॉमिक

BLOOMSBURY
LONDON OXFORD NEW YORK NEW DELHI SYDNEY

LUMOS

BLOOMSBURY INDIA
Bloomsbury Publishing India Pvt. Ltd
Second Floor, LSC Building No. 4, DDA Complex, Pocket C – 6 & 7,
Vasant Kunj, New Delhi 110070

BLOOMSBURY, BLOOMSBURY INDIA and the Diana logo are trademarks of
Bloomsbury Publishing Plc

First published in Great Britain in 2008 by Lumos (formerly the Children's
High Level Group), Peninsular House, 30 – 36 Monument Street, London, EC3R 8NB,
in association with Bloomsbury Publishing Plc
50 Bedford Square, London WC1B 3DP

Hindi translation of *The Tales of Beedle the Bard*
First published in Hindi, 2023

Hindi edition co-ordination by TranslationPanacea, Pune
Translated from English to Hindi by Dr. Sudhir Dixit

Text design by Becky Chilcott

Named after the light-giving spell in the Harry Potter books,
Lumos is a charity founded by J.K. Rowling. Lumos are fighting for every
child's right to a family, by transforming care systems around the world.
Our aim is to light a path to a brighter future for children, where all children
can grow up in safe and loving families. We are fighting for family. We are Lumos.
To find out more visit www.wearelumos.org

Lumos is the operating name of Lumos Foundation, a company limited by guarantee
registered in England and Wales, number 5611912. Registered charity number 1112575

ISBN: 978-93-88134-50-7

2 4 6 8 10 9 7 5 3 1

Printed and bound in India by Thomson Press India Ltd

MIX
Paper from
responsible sources
FSC® C010615

To find out more about our authors and books visit www.bloomsbury.com
and sign up for our newsletters

अनुक्रम

प्रस्तावना

बीडल कवि की कहानियाँ छोटे जादूगरों और जादूगरनियों के लिए लिखी गई कहानियों का संग्रह है। ये सदियों से रात को सोते समय बच्चों के सुनने – सुनाने की लोकप्रिय कहानियाँ रही हैं। फलस्वरूप कूदता बरतन और ख़ुशक़िस्मती का फव्वारा कहानियाँ हॉगवर्ट्स के विद्यार्थियों के लिए उतनी ही जानी – पहचानी हैं, जितनी कि सिंड्रेला और सोई सुंदरी की कहानियाँ मगलू (ग़ैर – जादूगर) बच्चों के लिए हैं।

बीडल की कहानियाँ कई मायनों में हमारी परीकथाओं से मिलती हैं, गिसाल के तौर पर, आम तौर पर नेकी को इनाम और बुराई को सज़ा मिलती है। बहरहाल, दोनों में एक बहुत स्पष्ट अंतर भी नज़र आता है। मगलू परीकथाओं में जादू नायक या नायिका की मुश्किलों का मूल कारण होता है – दुष्ट जादूगरनी सेव में ज़हर डाल देती है या राजकुमारी को सौ साल की नींद में सुला दिया जाता है या राजकुमार को

भयंकर जानवर में बदल दिया जाता है। दूसरी तरफ़, *बीडल की कहानियों* में हमें ऐसे नायक और नायिकाएँ मिलते हैं, जो जादू करने में तो सक्षम हैं, लेकिन इसके बावजूद उन्हें अपनी समस्याएँ सुलझाना उतना ही मुश्किल लगता है, जितना कि हमें लगता है। बीडल की कहानियों ने जादूगर माता – पिताओं की कई पीढ़ियों की मदद की है, ताकि वे अपने छोटे बच्चों को जीवन की यह दुखद सच्चाई सिखा सकें: कि जादू जितनी मुश्किलों को ठीक करता है, यह उतनी ही ज़्यादा मुश्किलें पैदा भी करता है।

इन कहानियों और मगलू कहानियों में एक और उल्लेखनीय फ़र्क़ यह है कि बीडल की जादूगरनियाँ अपने ख़ज़ाने की खोज में हमारी परीकथाओं की नायिकाओं से बहुत ज़्यादा सक्रिय होती हैं। आशा, अल्तेदा, अमता और बैबिटी रैबिटी सभी जादूगरनियाँ हैं, जो अपनी तक़दीर की बागडोर अपने हाथों में थाम लेती हैं; वे लंबी नींद में नहीं सोती हैं या खोया हुआ जूता लौटाने के लिए किसी का इंतज़ार नहीं करती हैं। इस नियम का अपवाद 'वारलॉक का बालों वाला दिल' कहानी की अनाम युवती है। वह हमारी कहानियों वाली राजकुमारी की तरह व्यवहार करती है, लेकिन उसकी कहानी के अंत में 'और इसके बाद वे हमेशा सुखी रहे' जैसी कोई बात नहीं है।

बीडल कवि पंद्रहवीं सदी में हुए थे और उनकी ज़्यादातर ज़िंदगी रहस्य के पर्दे में ढँकी हुई है। हम जानते हैं कि उनका जन्म यॉर्कशायर में हुआ था और इकलौता बचा हुआ लकड़ी का साँचा दिखाता है कि उनकी दाढ़ी असाधारण

रूप से घनी थी। अगर उनकी कहानियाँ उनके विचारों का प्रतिबिंब हैं, तो वे मगलुओं को पसंद करते थे, जिन्हें वे दुष्ट नहीं बल्कि अज्ञानी मानते थे; वे काले जादू पर अविश्वास करते थे और उन्हें यक़ीन था कि जादूगरों की सबसे बुरी अतियाँ क्रूरता, उदासीनता या अपनी योग्यताओं के घमंडी दुरुपयोग जैसे मानवीय अवगुणों से उत्पन्न हुई थीं। उनकी कहानियों में जो नायक और नायिकाएँ विजयी होते हैं, वे सबसे शक्तिशाली जादू जानने वाले लोग नहीं हैं, बल्कि वे हैं, जो सबसे ज़्यादा दयालुता, सहज बोध और उपायकुशलता का प्रदर्शन करते हैं।

काफ़ी कुछ इसी तरह के विचार आधुनिक युग के एक जादूगर के भी थे, ज़ाहिर है, प्रोफ़ेसर एल्बस पर्सिवल वुलफ्रिक ब्रायन डम्बलडोर, ऑर्डर ऑफ़ मर्लिन, फ़र्स्ट क्लास, हॉगवर्ट्स जादूगरी और तंत्र विद्यालय के हेडमास्टर, अंतरराष्ट्रीय जादूगर महासंघ के सुप्रीम मगवम्प और वाइज़नगैमट के चीफ़ वारलॉक। उनके दृष्टिकोण की सीमाओं के बावजूद यह हैरानी की बात थी कि डम्बलडोर ने हॉगवर्ट्स पुस्तक – भडार को अपनी वसीयत में जो कई पुस्तकें छोड़ी थीं, उनमें *बीडल कवि की कहानियाँ* भी थी, जिस पर उन्होंने अपने विचार लिख रखे थे। हम कभी नहीं जान पाएँगे कि उन्होंने ये टिप्पणियाँ ख़ुद की संतुष्टि के लिए लिखी थीं या भावी प्रकाशन के लिए; लेकिन प्रोफ़ेसर मिनर्वा मैक्गॉनेगल ने, जो अब हॉगवर्ट्स की हेडमास्टर हैं, हमें उदारतापूर्वक प्रोफ़ेसर डम्बलडोर की टिप्पणियाँ यहाँ छापने की अनुमति दे दी है, जिनके साथ कहानियों का

हर्माइनी ग्रेंजर का बिलकुल नया अनुवाद है। हमें उम्मीद है कि प्रोफ़ेसर डम्बलडोर के विचारों से, जिनमें जादूगरी के इतिहास के अवलोकन, व्यक्तिगत स्मृतियाँ और हर कहानी के मुख्य तत्वों पर ज्ञानवर्धक जानकारी शामिल हैं, जादूगर और मगलू दोनों ही तरह के पाठकों की नई पीढ़ी को बीडल कवि की कहानियाँ को बेहतर ढंग से समझने में मदद मिलेगी। जो लोग उन्हें व्यक्तिगत तौर पर जानते हैं, उन सभी का मानना है कि प्रोफ़ेसर डम्बलडोर इस प्रोजेक्ट को ख़ुशी – ख़ुशी अपना समर्थन देते, क्योंकि इसकी सारी रॉयल्टी ल्यूमॉस नामक परोपकारी संस्था को दान में जाएगी, जो उन बच्चों के लाभ के लिए काम करती है, जिन्हें किसी आवाज़ की बेतहाशा ज़रूरत है।

प्रोफ़ेसर डम्बलडोर की टिप्पणियों पर एक छोटी, अतिरिक्त बात कहना मुनासिब लगता है। जहाँ तक हमें पता है, ये टिप्पणियाँ हॉगवट्र्स के खगोलशास्त्र की मीनार में हुई दुखद घटनाओं के अठारह महीने पहले पूरी हुई थीं। जादूगरों के नवीनतम युद्ध के इतिहास से परिचित लोग (यानी हर व्यक्ति, जिसने हैरी पॉटर के जीवन के सभी सातों उपन्यास पढ़ रखे हैं) इस बारे में जागरूक होंगे कि प्रोफ़ेसर डम्बलडोर इस पुस्तक की अंतिम कहानी के बारे में जितना जानते हैं – या अनुमान लगाते हैं – उन्होंने उससे कम उजागर किया है। इस चूक का कारण शायद उस बात में निहित है, जो डम्बलडोर ने कई साल पहले अपने प्रिय और सबसे मशहूर शिष्य से सत्य के बारे में कही थी:

'सत्य एक सुंदर और भयंकर चीज़ है, इसलिए इससे बहुत सावधानी से पेश आना चाहिए।'

चाहे हम उनकी बात से सहमत हों या न हों, हम शायद प्रोफ़ेसर डम्बलडोर को इस आधार पर माफ़ कर सकते हैं कि वे भावी पाठकों को उन प्रलोभनों से सुरक्षित रखना चाहते थे, जिनके वे ख़ुद शिकार हुए थे और जिनकी उन्होंने इतनी भयानक क़ीमत चुकाई थी।

जेके रोलिंग

2008

फुटनोट्स/पन्ने के नीचे दी गई टिप्पणियाँ

ऐसा नज़र आता है कि प्रोफ़ेसर डम्बलडोर ने अपनी टिप्पणियाँ जादूगर पाठकों के लिए लिखी थीं, इसलिए मैंने बीच – बीच में कुछ मुश्किल शब्दों या तथ्यों का स्पष्टीकरण डाल दिया है, ताकि मगलू पाठकों को समझने में आसानी रहे।

जेकेआर

1

जादूगर और कूदता बरतन

एक बार की बात है। एक दयालु बूढ़ा जादूगर रहता था। वह अपने पड़ोसियों को फ़ायदा पहुँचाने के लिए उदारता और समझदारी से जादू का इस्तेमाल करता था। वह अपनी शक्ति के सच्चे स्त्रोत को उजागर नहीं करता था। इसके बजाय वह यह नाटक करता था कि उसके काढ़े, सम्मोहन और दवाएँ एक छोटी कड़ाही से बनकर अपने आप निकल आते हैं। इस कड़ाही को वह अपना पकाने वाला सौभाग्यशाली बरतन कहता था। मीलों दूर से लोग अपनी समस्याएँ लेकर उसके पास आते थे। जादूगर अपने बरतन को घुमाता था और उनकी समस्याओं को ख़ुशी – ख़ुशी दूर कर देता था।

सभी लोग इस जादूगर से प्रेम करते थे और वह अच्छी उम्र तक जिया। मरते समय वह अपनी सारी संपत्ति अपने इकलौते बेटे के नाम छोड़ गया। बेटा अपने नम्र पिता के बिलकुल विपरीत स्वभाव का था। बेटे का दृष्टिकोण यह था कि जो लोग जादू नहीं कर सकते हैं, वे किसी काम के नहीं

हैं। अपने पिता के जीवनकाल में भी उसने इस बात का विरोध किया था कि वे जादू करके पड़ोसियों की मदद क्यों करते हैं।

पिता की मौत के बाद बेटे को पुराने पकाने वाले बरतन के अंदर एक छोटा लिफ़ाफ़ा छिपा मिला, जिस पर उसका नाम लिखा था। उसने इसे इस उम्मीद से खोला कि इसमें सोना निकलेगा, लेकिन इसके बजाय उसे एक नरम, मोटी चप्पल मिली, जो इतनी छोटी थी कि उसे पहना नहीं जा सकता था। जोड़ी नहीं, बस एक ही चप्पल थी। चप्पल के भीतर चर्मपत्र पर ये शब्द लिखे थे 'प्यारे बेटे, काश तुम्हें इसकी कभी ज़रूरत न पड़े।'

बेटे ने अपने पिता के दिमाग़ को कोसा कि यह सठिया गया था। फिर उसने चप्पल दोबारा कड़ाही में फेंक दी। उसने फ़ैसला किया कि वह इसका इस्तेमाल कचरे की बाल्टी की तरह करेगा।

उसी रात एक देहाती महिला ने उसका दरवाज़ा खटखटाया।

वह बोली, 'महोदय, मेरी पोती को मस्से निकल आए हैं। आपके पिताजी उस पुराने पकाने वाले बरतन में एक ख़ास लेप बनाकर देते थे –'

लड़का चिल्लाया, 'दफ़ा हो जाओ! तुम्हारी पोती के मस्सों की मैं क्यों परवाह करूँ?'

फिर उसने उस बूढ़ी औरत के मुँह पर दरवाज़ा धड़ाम से बंद कर दिया।

उसे फ़ौरन किचन से ज़ोरदार खनखन और धमाके की आवाज़ सुनाई दी। जादूगर ने अपनी छड़ी से रोशनी करते हुए किचन का दरवाज़ा खोला। अपने पिता के पुराने बरतन की हरकतें देखकर उसकी आँखें फटी रह गईः इसके अंदर से पीतल का एक पैर निकल आया था और यह अपनी जगह पर कूद रहा था। बरतन के कूदने से फ़र्श के पत्थरों पर कानफोड़ू शोर हो रहा था। जादूगर हैरानी से इसके पास गया, लेकिन चौंककर पीछे गिर गया, जब उसने देखा कि पूरा बरतन मस्सों से ढँका हुआ था।

वह चिल्लाया, 'बकवास चीज़!' उसने पहले तो जादू से बरतन को ग़ायब करने की कोशिश की, फिर इसे जादू से साफ़ करने की कोशिश की और आख़िर इसे घर से बाहर निकालने की कोशिश की। उसका हर मंत्र ख़ाली गया और वह उस बरतन को रोकने में किसी तरह कामयाब नहीं हुआ। बरतन उसके पीछे – पीछे किचन से बाहर निकला और बिस्तर तक उसका पीछा करता रहा। रास्ते में वह लकड़ी की हर सीढ़ी पर ज़ोर – ज़ोर से खनखन और धम्म – धम्म करता रहा।

मस्सेदार पुराना बरतन पूरी रात जादूगर के सिरहाने पर कूदता रहा और धम्म – धम्म करता रहा। इस कारण जादूगर सारी रात नहीं सो पाया। अगली सुबह जब जादूगर नाश्ते की मेज़ पर पहुँचा, तो बरतन उसके पीछे कूदता – कूदता वहाँ भी पहुँच गया। धम्म, धम्म, धम्म – पीतल के पैर वाला बरतन लगातार कूदता जा रहा था। जादूगर ने अभी दलिया खाना शुरू भी नहीं किया था कि तभी उसे दरवाज़े पर एक और दस्तक सुनाई दी।

चौखट पर एक बूढ़ा आदमी खड़ा था।

वह बोला, 'श्रीमानजी, मेरा बूढ़ा गधा। यह खो गया है या चोरी हो गया है। उसके बिना मैं अपना सामान बाज़ार तक नहीं ले जा सकता। अगर मैं बाज़ार नहीं गया, तो मेरा परिवार आज रात को भूखा ही रह जाएगा।'

जादूगर ने गरजते हुए कहा, 'और मैं इस समय भूखा हूँ!' फिर उसने बूढ़े आदमी के मुँह पर दरवाज़ा धड़ाम से बंद कर दिया।

धम्म, धम्म, धम्म! पकाने वाला पीतल का बरतन अपने एक पैर से फ़र्श पर शोर मचाता रहा। अब इसके शोर के साथ बरतन की गहराइयों से गधे के रेंकने और भूख की इंसानी कराहों की आवाज़ें भी सुनाई देने लगी थीं।

'ख़ामोश हो जाओ। ख़ामोश हो जाओ!' जादूगर चीख़ा, लेकिन उसकी सारी जादुई शक्तियाँ भी मस्सेदार बरतन को ख़ामोश नहीं कर पाईं। जादूगर जहाँ – जहाँ जाता था, जादूगर जो भी करता था, बरतन दिन भर उसके पीछे – पीछे कूदता रहा, रेंकता रहा, आहें भरता रहा और धम्म – धम्म करता रहा।

उस शाम उसे दरवाज़े पर तीसरी दस्तक सुनाई दी। चौखट पर एक युवती इस तरह सुबक रही थी, जैसे उसका दिल टूट गया हो।

वह बोली, 'मेरी बेटी बहुत बीमार है। क्या आप हमारी मदद करेंगे? आपके पिताजी ने कहा था कि मैं मुसीबत में उनसे मदद माँगने के लिए जब चाहे आ सकती हूँ –'

लेकिन जादूगर ने उसके मुँह पर भी दरवाज़ा धड़ाम से बंद कर दिया।

अब संताप देने वाला बरतन खारे पानी से लबालब भर गया। छलकते आँसू फर्श पर फैलते रहे, जब यह कूदता रहा, रेंकता रहा, कराहता रहा और मस्से अंकुरित करता रहा।

हालाँकि उस सप्ताह गाँव का और कोई व्यक्ति जादूगर के घर मदद माँगने नहीं आया, लेकिन बरतन उसे गाँव वालों की तकलीफ़ों की जानकारी देता रहा। कुछ ही दिनों के भीतर यह छलकते तथा कूदते हुए न सिर्फ़ रेंक रहा था, कराह रहा था और मस्से अंकुरित कर रहा था, बल्कि यह साँस रुकने और वमन करने की आवाज़ें भी निकाल रहा था, किसी बच्चे की तरह रो रहा था, कुत्ते की तरह बिसूर रहा था और खट्टा दूध व घोंघों को भी उगल रहा था।

बरतन हर पल उसका पीछा करता रहता था, इसलिए जादूगर न तो ठीक से कुछ खा पाता था, न ही सो पाता था। बरतन पल भर के लिए भी उससे दूर नहीं होता था। जादूगर की समस्या यह थी कि वह इसे न तो ख़ामोश कर सकता था, न ही स्थिर रहने के लिए मजबूर कर सकता था।

आख़िरकार जादूगर को यह असहनीय लगने लगा। स्थिति बेक़ाबू और बर्दाश्त के बाहर हो चुकी थी।

बौखलाकर जादूगर रात को गाँव में सड़क पर दौड़ने लगा और चिल्लाने लगा, 'मेरे पास अपनी सारी समस्याएँ, अपनी तमाम मुश्किलें और दुख ले आओ!' उसने देखा कि

बरतन भी सड़क पर उसके पीछे – पीछे कूदता हुआ आ रहा था। 'सब मेरे पास आ जाओ! मैं तुम्हारा इलाज करूँगा, तुम्हें ठीक करूँगा और तुम्हें आराम पहुँचाऊँगा! मेरे पास मेरे पिता का पकाने वाला बरतन है और मैं तुम्हें स्वस्थ कर दूँगा!'

वह सड़क पर दौड़ता रहा और हर दिशा में मंत्र उछालता रहा। गंदा बरतन भी उसके पीछे – पीछे दौड़ रहा था।

एक मकान के भीतर सो रही छोटी लड़की के मस्से ग़ायब हो गए; आह्वान मंत्र से खोए गधे को दूर के जंगल से बुलाकर उसके तबेले में धीरे से पहुँचा दिया गया; बीमार बच्चे का डिटैनी से लेप हुआ और सुबह जागने पर वह भला – चंगा था तथा उसका चेहरा गुलाबी था। बीमारी और दुख से परेशान हर मकान में जादूगर ने अपनी पूरी कोशिश की।

धीरे – धीरे पकाने वाले बरतन ने कराहना और वमन करना छोड़ दिया। अब यह शांत, चमकदार और साफ़ हो गया।

जब सूरज उगने लगा, तो काँपते हुए जादूगर ने पूछा, 'बरतन, अब क्या करें?'

बरतन ने अपनी इकलौती चप्पल बाहर निकाली, जो जादूगर ने इसमें फेंक दी थी। बरतन ने जादूगर को इस बात की इजाज़त दे दी कि वह इसे उसके पीतल के पैर में पहना दे। दोनों साथ – साथ जादूगर के मकान की तरफ़ चल दिए। चप्पल पहनने के बाद बरतन की आहट दब गई थी। लेकिन उस दिन के बाद जादूगर ने हमेशा गाँव वालों की मदद की, जिस तरह उसके पिता करते थे। उसे डर था कि कहीं बरतन अपनी चप्पल न उतार ले और एक बार फिर से कूदने न लगे।

'जादूगर और कूदता बरतन' पर एल्बस डम्बलडोर

एक दयालु बूढ़ा जादूगर अपने कठोर दिल वाले बेटे को सबक़ सिखाने का निर्णय लेता है, ताकि उसे स्थानीय मगलुओं के दुख – दर्द का अंदाज़ा हो जाए। युवा जादूगर की अंतरात्मा जाग्रत हो जाती है और वह अपने जादू से अपने ग़ैर – जादुई पड़ोसियों को फ़ायदा पहुँचाने लगता है। हमें यह कहानी सरल और दिल को छूने वाली लग सकती है – जिससे यही साबित होता है कि हम मूर्ख हैं। यह एक मगलू – समर्थक कहानी है, जिसमें

मगलू – प्रेमी पिता को मगलुओं से नफ़रत करने वाले बेटे से जादू में श्रेष्ठ बताया गया है! बड़ी हैरानी की बात है कि इस कहानी के मूल संस्करण की प्रतियाँ उन आग की लपटों से कैसे बच गईं, जिनमें उन्हें अक्सर जलाया जाता था?

बीडल मगलुओं के लिए भाईचारे का संदेश दे रहे थे, लेकिन वे समय के थोड़े विपरीत चल रहे थे। पंद्रहवीं सदी की शुरुआत में पूरे यूरोप में जादूगरों और जादूगरनियों पर उत्पीड़न ज़ोर पकड़ रहा था। उस वक़्त जादूगर समुदाय के कई लोगों को यह महसूस हुआ, जिसके पीछे अच्छा कारण भी था, कि अपने मगलू पड़ोसी के बीमार सुअर को मंत्र से ठीक करने का मतलब था अपनी चिता के लिए लकड़ी इकट्ठी करना।[1] उस युग का नारा था, 'मगलुओं को हमारे बिना ही जीने दो!' इस तरह जादूगर अपने ग़ैर – जादुई बंधुओं से दूर होने लगे, जिसका उत्कर्ष 1689 के अंतरराष्ट्रीय जादूगर अधिनियम के लागू होने पर हुआ, जब जादूगर स्वेच्छा से भूमिगत हो गए।

---

1. यह सच है कि असली जादूगर और जादूगरनियाँ जलने, मौत के तख़्ते और फंदे से बचने में काफ़ी कुशल होते थे ('बैबिटी रैबिटी और उसका खिलखिलाता ठूँठ' की टिप्पणियों में लिसेट डी लैपिन के बारे में की गई टिप्पणी पर ग़ौर करें)। लेकिन इसके बावजूद कई मौतें हो जाती थीं: सर निकोलस डी मिम्सी – पॉर्पिंगटन (अपने जीवनकाल में शाही दरबार के जादूगर और मृत्यु के बाद गरुड़द्वार टॉवर के भूत) को कालकोठरी में नज़रबंद करने से पहले उनकी छड़ी छीन ली गई थी, इसलिए मौत की सज़ा से बचने के लिए वे जादू नहीं कर पाए। जादूगर परिवार के छोटे बच्चों की जान को ख़ास ख़तरा था, क्योंकि अपने जादू को नियंत्रित करने की अक्षमता की वजह से वे मगलू जादूगर – खोजियों की निगाह में आ जाते थे और अपनी सुरक्षा नहीं कर पाते थे।

लेकिन बच्चे तो बच्चे होते हैं, इसलिए भोंडे कूदते बरतन ने उनकी कल्पना को झकझोर दिया। समाधान यह था कि मगलू – समर्थक नैतिकता को कहानी से हटा दिया जाए, लेकिन मस्सेदार कड़ाही को मौजूद रखा जाए। इसलिए सोलहवीं सदी के मध्य तक इस कहानी का एक अलग संस्करण जादूगर परिवारों में काफ़ी लोकप्रिय हुआ। इसमें कहानी को थोड़ा बदल दिया गया था। बदली हुई कहानी में कूदता बरतन एक भले जादूगर की रक्षा करता है, जब जलती हुई मशाल और हथियार लहराने वाले पड़ोसी उसकी जान लेने पर आमादा होते हैं। कूदता बरतन उन्हें जादूगर के घर से दूर भगाता है, पकड़ता है और साबुत निगल लेता है। कहानी के अंत तक बरतन जादूगर के ज़्यादातर पड़ोसियों को खा लेता है। तब बचे हुए चंद गाँव वाले जादूगर से यह वादा करते हैं कि वह जादू का अभ्यास करने के लिए स्वतंत्र रहेगा। बदले में जादूगर बरतन को आदेश देता है कि वह निगले हुए लोगों को प्रकट कर दे। कूदता बरतन अपनी गहराइयों से उन सभी लोगों को बाहर उगल देता है, जो थोड़े से क्षतिग्रस्त हाल में जीवित मिलते हैं। आज के कुछ जादूगर बच्चों को भी उनके माता – पिताओं ने (जो आम तौर पर मगलू – विरोधी थे) कहानी का बदला हुआ संस्करण ही बताया है, इसलिए जब वे मौलिक संस्करण पढ़ते हैं, तो वे दाँतों तले अँगुलियाँ दबा लेते हैं।

बहरहाल, जैसा मैंने पहले इशारा किया है, इसका मगलू – समर्थक भाव ही एकमात्र कारण था, जिसकी वजह से जादूगरों को 'जादूगर और कूदता बरतन' से शिकायत थी। जब जादूगरों की धरपकड़ ज़्यादा खूँखार और तेज़ हो गई, तो जादूगर परिवार दोहरा जीवन जीने लगे। वे अपनी और अपने परिवारों की रक्षा करने के लिए छिपने के सम्मोहनों का इस्तेमाल करने लगे। सत्रहवीं सदी तक यह आलम हो गया कि जो जादूगर मगलुओं के साथ मेलजोल रखता था, उसे संदिग्ध माना जाने लगा और उसके समुदाय ने उसे बिरादरी से बाहर निकाल दिया। मगलू – समर्थक जादूगरनियों और जादूगरों को कई अपमानजनक गालियाँ दी जाती थीं ('दलदलसना', 'गोबरचाटू' और 'मलभक्षक' इसी दौर के कुछ चुनिंदा विशेषण हैं)। उन पर यह आरोप भी लगाया जाता था कि उनका जादू कमज़ोर या हीन है।

मगलू – विरोधी पत्रिका वारलॉक एट वॉर के संपादक ब्रूटस मैल्फ़ॉय जैसे उस युग के प्रभावशाली जादूगरों ने यह ग़लत धारणा फैलाई कि मगलूप्रेमी जादूगरों को भी नाकारा जितना ही जादू आता है।[2] 1675 में ब्रूटस ने लिखा था:

हम निश्चितता के साथ यह बात कह सकते हैं: जो भी जादूगर मगलुओं की सोहबत के प्रति प्रेम

---

2. (नाकारा ऐसा शख़्स होता है, जिसके माता – पिता तो जादूगर होते हैं, लेकिन उसमें खुद में जादू की कोई शक्ति नहीं होती। ऐसा बहुत कम होता है। मगलू परिवार में पैदा होने वाली जादूगरनियाँ और जादूगर ज़्यादा आम हैं। जेकेआर)

दिखाता है, उसमें बुद्धि कम होती है और उसका जादू इतना कमज़ोर व दयनीय होता है कि वह मगलू सुअरों से घिरा रहने पर ही ख़ुद को श्रेष्ठ महसूस कर सकता है।

कमज़ोर जादू का मगलुओं की सोहबत से बड़ा संकेत कोई दूसरा नहीं है।

यह पूर्वाग्रह अंततः इस प्रबल प्रमाण के बाद ख़त्म हो गया कि संसार के कुछ सबसे प्रतिभाशाली जादूगर[3] तथाकथित 'मगलू – प्रेमी' थे।

'जादूगर और कूदता बरतन' पर अंतिम आपत्ति आज भी कुछ जगहों पर जीवित है। कुख्यात *टोडस्टूल टेल्स* (कुकुरमुत्ता कहानियाँ) की लेखिका बीट्रिक्स ब्लॉक्सम ने संभवतः सबसे अच्छी तरह इसका सार बताया है। मिसेज़ ब्लॉक्सम मानती थीं कि *बीडल कवि की कहानियाँ* बच्चों के लिए इसलिए नुक़सानदेह हैं, क्योंकि वे 'मौत, बीमारी, ख़ून – खराबे, काले जादू, अस्वस्थ पात्रों और सबसे वितृष्णा भरे शारीरिक स्त्रावों तथा उभारों जैसे वीभत्स विषयों से अस्वस्थ ताल्लुक़' रखती थीं। मिसेज़ ब्लॉक्सम ने बहुत सी पुरानी कहानियाँ लीं, जिनमें बीडल की कुछ कहानियाँ शामिल थीं

---

3. जैसे कि मैं खुद।

और उन्हें अपने आदर्शों के अनुरूप नए सिरे से दोबारा लिखा। उनका लक्ष्य 'हमारे नन्हे देवदूतों के शुद्ध मन को स्वस्थ व सुखद विचारों से भरना था, उनकी मीठी नींद को बुरे सपनों से मुक्त रखना था और उनकी मासूमियत के क़ीमती पुष्प की रक्षा करना था।'

'जादूगर और कूदता बरतन' के मिसेज़ ब्लॉक्सम के शुद्ध और क़ीमती संस्करण के अंतिम पैरेग्राफ़ पर ग़ौर फ़रमाएँ:

फिर छोटा सुनहरा बरतन अपनी नन्हीं गुलाबी अँगुलियों पर ख़ुशी – ख़ुशी नाचने लगा – वाह, वाह, वाह! वी विलिकिन्स ने ग़रीब बच्चों का इलाज कर दिया था। इस बात पर छोटा बरतन इतना ख़ुश हुआ कि इसने वी विलिकिन्स और बच्चों के लिए ढेर सारी चॉकलेटें बाहर निकाल दीं!

बरतन ने चिल्लाकर कहा, 'लेकिन टॉफ़ी खाने के बाद ब्रश करना मत भूलना!'

फिर वी विलिकिन्स ने कूदते बरतन को चूमा और गले लगाया। उसने हमेशा बच्चों की मदद करने का वादा किया और कहा कि वह दोबारा कभी नकचढ़ा और चिड़चिड़ा नहीं बनेगा।

मिसेज़ ब्लॉक्सम की कहानी पर जादूगर बच्चों की सभी पीढ़ियों ने एक जैसी प्रतिक्रिया की है: अनियंत्रित हिकारत। उन्होंने इसे पढ़ते ही यह माँग की कि इस पुस्तक को उनसे दूर ले जाकर इसकी लुगदी बना दी जाए।

2

ख़ुशक़िस्मती का फव्वारा

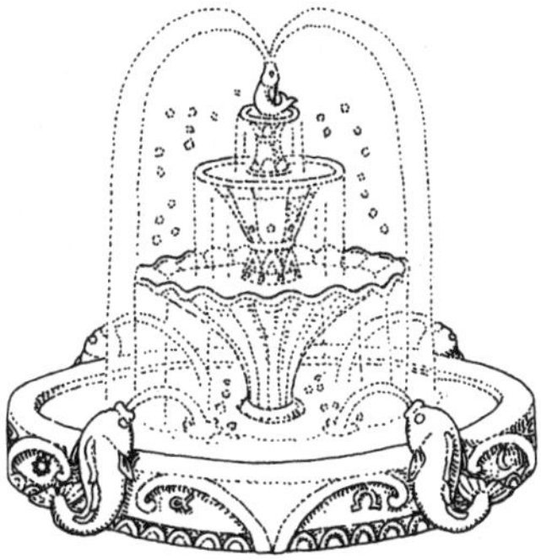

एक ऊँची पहाड़ी पर एक जादुई बगीचा था। यह बगीचा ऊँची – ऊँची दीवारों से घिरा था और शक्तिशाली जादू से रक्षित था। इसी बगीचे में ख़ुशक़िस्मती का फव्वारा बहता था।

साल में एक बार सबसे लंबे दिन के मौक़े पर यह बगीचा खुलता था। उस दिन सूर्योदय और सूर्यास्त के बीच मुसीबत के मारे किसी एक इंसान को यह मौक़ा मिलता था कि वह बाधाओं को पार करके फव्वारे तक जाए, इसके पानी में नहाए और हमेशा के लिए ख़ुशक़िस्मत बन जाए।

उस दिन सैकड़ों लोग पूरे राज्य रो यात्रा करके भोर से पहले ही बगीचे की दीवारों तक पहुँच जाते थे। स्त्री और पुरुष, अमीर और ग़रीब, युवा और बूढ़े, जादूगर और मगलू, सभी अँधेरे में बगीचे के दरवाज़े के सामने इकट्ठे हो जाते थे। हर किसी के मन में यही आस रहती थी कि काश बगीचे में घुसने का मौक़ा उसे मिल जाए!

तीन जादूगरनियाँ भीड़ के कोने पर मिलीं। उनमें से हर एक के दिल पर दुख का भारी बोझ था। सूर्योदय का इंतज़ार करते समय उन्होंने एक दूसरे को अपनी दुख भरी दास्तानें सुनाईं।

पहली जादूगरनी का नाम आशा था और उसे ऐसी बीमारी थी, जिसे कोई भी वैद्य या हकीम ठीक नहीं कर सकता था। वह यह आस लगाए थी कि फव्वारा उसकी बीमारी ठीक कर देगा और वह लंबा तथा सुखद जीवन जी सकेगी।

दूसरी जादूगरनी का नाम अल्तेदा था। एक दुष्ट जादूगर ने उसका घर, उसका सोना और उसकी छड़ी छीन ली थी। वह यह उम्मीद कर रही थी कि फव्वारा उसकी कमज़ोरी और ग़रीबी को दूर कर देगा।

तीसरी जादूगरनी का नाम अमता था और उसे उसके प्रेमी ने छोड़ दिया था। वह अपने प्रेमी से बहुत प्रेम करती थी और उसे लग रहा था कि उसका दिल कभी नहीं जुड़ पाएगा। वह उम्मीद कर रही थी कि फव्वारा उसे उसके दुख और हसरत से छुटकारा दिला देगा।

एक दूसरे पर तरस खाते हुए तीनों महिलाएँ इस बात के लिए तैयार हो गईं कि अगर मौक़ा मिला, तो वे तीनों एक साथ फव्वारे तक पहुँचने की कोशिश करेंगी।

सूरज की पहली किरण आसमान को चीरती हुई आई और तुरंत ही दीवार में एक हल्की सी दरार दिखने लगी। भीड़ आगे की तरफ़ बढ़ी। हर व्यक्ति फव्वारे के वरदान की लालसा में चीख़ – पुकार कर रहा था। बगीचे के अंदर से

एक बेल बाहर निकली और भीड़ के बीच से गुज़री। इस बेल ने पहली जादूगरनी आशा को जकड़ लिया। आशा ने दूसरी जादूगरनी अल्तेदा की कलाई पकड़ ली, जिसने तीसरी जादूगरनी अमता के लबादे को कसकर पकड़ लिया।

संयोग से अमता एक उदास दिख रहे योद्धा के जिरहबख़्तर में उलझ गई, जो एक किड़ीकाँप घोड़े पर बैठा था।

बेल तीनों जादूगरनियों को दीवार की दरार के बीच से अंदर ले गई। बेल की ताक़त ने योद्धा को उसके घोड़े से ऊपर उठा लिया और वह भी अंदर पहुँच गया।

सुबह की हवा में निराश भीड़ की गुस्से से भरी चीख़ें भर गईं। लेकिन अचानक ख़ामोशी छा गई, क्योंकि बगीचे की दीवारें एक बार फिर बंद हो गई थीं।

आशा और अल्तेदा अमता से नाराज़ थीं, जो संयोगवश योद्धा को अपने साथ ले आई थी।

'फव्वारे में सिर्फ़ एक ही इंसान नहा सकता है!

हम तीनों में से कौन नहाएगा, यह तय करना पहले ही मुश्किल था, फिर चौथे को लाने की क्या ज़रूरत थी!'

श्रीमान दुर्भाग्यशाली (दीवारों के बाहर यह योद्धा इसी नाम से लोकप्रिय था) समझ गया कि ये जादूगरनियाँ थीं। उसे जादू बिलकुल नहीं आता था। वह द्वंद्वयुद्ध या तलवारबाज़ी में भी बहुत कुशल नहीं था, न ही किसी ऐसी चीज़ में जो किसी मगलू को मशहूर बनाती हो। उसे यक़ीन था कि वह फव्वारे तक पहुँचने में इन तीन महिलाओं को किसी तरह नहीं हरा सकता। इसलिए उसने बगीचे के बाहर जाने के अपने इरादे का ऐलान कर दिया।

इस पर अमता नाराज़ हो गई।

'डरपोक कहीं के!' उसने उसे झिड़कते हुए कहा। 'योद्धा, अपनी तलवार बाहर निकालो और हमारे लक्ष्य तक पहुँचने में हमारी मदद करो!'

फिर तीनों जादूगरनियाँ और असहाय योद्धा जादुई बगीचे में आगे बढ़ने लगे। धूप में नहाए रास्ते के दोनों तरफ़ दुर्लभ

जड़ी – बूटियाँ, फल और फूल बहुतायत में लहलहा रहे थे। उन्हें तब तक कोई बाधा नहीं मिली, जब तक कि वे उस पहाड़ी के मुहाने तक नहीं पहुँच गए, जिस पर फव्वारा था।

वहाँ पहाड़ी के निचले हिस्से को लपेटे हुए एक विशालकाय सफ़ेद जानवर बैठा था, जो फूला हुआ और अंधा था। उनके क़रीब आने पर उसने अपना बुरा चेहरा उनकी ओर मोड़ा और ये शब्द कहे:

'मुझे अपने दर्द का सबूत दो।'

श्रीमान दुर्भाग्यशाली ने अपनी तलवार बाहर निकाली और उस जानवर को मारने की कोशिश की, लेकिन उसकी

तलवार टूट गई। फिर अल्तेदा ने जानवर पर पत्थर मारे, लेकिन कोई असर नहीं हुआ। आशा और अमता ने उस जानवर को क़ाबू में करने या सम्मोहित करने के लिए हर मंत्र पढ़कर देखा, लेकिन उनकी छड़ियों की ताक़त भी उतनी ही नाकाम रही, जितनी कि उनकी सहेली के पत्थर या योद्धा की तलवार रही थी: जानवर टस से मस नहीं हुआ और वह उन्हें आगे नहीं जाने दे रहा था।

सूरज आसमान में ऊँचा उठ रहा था। यह देखकर आशा निराशा में रोने लगी।

बड़े जानवर ने अपना चेहरा आशा के चेहरे पर रखा और उसके आँसू पी गया। इसकी प्यास बुझने पर वह बग़ल में सरका और ज़मीन में बने बिल में घुसकर ग़ायब हो गया।

जानवर के जाने पर ख़ुश होकर तीनों जादूगरनियाँ और योद्धा पहाड़ी पर चढ़ने लगे। अब उन्हें विश्वास था कि वे दोपहर से पहले ही फव्वारे तक पहुँच जाएँगे।

खड़ी चढ़ाई पर आधी दूर तक पहुँचने पर उन्हें अपने सामने ज़मीन पर लिखे ये शब्द दिखाई दिए।

मुझे अपनी मेहनत का फल दो।

श्रीमान दुर्भाग्यशाली ने अपना इकलौता सिक्का बाहर निकाला और इसे घास भरी पहाड़ी पर रख दिया, लेकिन यह लुढ़ककर ओझल हो गया। तीनों जादूगरनियाँ और जादूगर पहाड़ी पर चढ़ते रहे, लेकिन कई घंटों तक चढ़ने के बावजूद वे एक क़दम भी ऊपर नहीं पहुँच पाए; शिखर

क़रीब नहीं आया और उन्हें ज़मीन पर लिखी वह इबारत अब भी अपने सामने ही दिखाई दे रही थी।

चारों हताश हो गए, क्योंकि सूरज उनके सिर पर पहुँच गया था और दूर के क्षितिज की ओर नीचे होने लगा था। अल्तेदा बाक़ी तीनों से ज़्यादा तेज़ी से चल रही थी और उन्हें भी ऐसा ही करने के लिए कह रही थी, हालाँकि वह सम्मोहित पहाड़ी पर उनसे ज़्यादा ऊपर नहीं पहुँच पाई थी।

वह अपनी भौंह से पसीना पोंछते हुए चिल्लाई, 'दोस्तो, हिम्मत रखो और हार मत मानो!'

जैसे ही उसके पसीने की चमकती बूँदें ज़मीन पर गिरीं, उनकी राह रोकने वाली इबारत ग़ायब हो गई। उन्होंने पाया कि अब वे ऊपर की ओर चढ़ सकते हैं।

इस दूसरी बाधा के हटने से आनंदित होकर वे पूरी तेज़ी से शिखर की ओर बढ़ने लगे। आख़िरकार उन्हें फव्वारे की झलक दिखाई दे गई, जो फूलों और पेड़ों के कुंज में शीशे की तरह चमक रहा था।

बहरहाल, उस तक पहुँचने से पहले उन्हें एक छोटी नदी पार करनी थी। पहाड़ी के शिखर के चारों ओर बह रही इस नदी ने उनका रास्ता रोक रखा था। साफ़ पानी की गहराई में एक चिकने पत्थर पर ये शब्द लिखे थे:

मुझे अपने अतीत का ख़ज़ाना दो।

श्रीमान दुर्भाग्यशाली ने अपनी ढाल पर बैठकर नदी के पार जाने की कोशिश की, लेकिन यह डूब गई। तीनों जादूगरनियों

ने उसे पानी से बाहर खींचा, फिर ख़ुद नदी के पार छलाँग लगाने की कोशिश की, लेकिन नदी उन्हें किसी भी तरह नहीं गुज़रने दे रही थी। इस दौरान सूरज आसमान में नीचे आता जा रहा था।

अब वे चारों पत्थर के संदेश का मतलब समझने के लिए सोच – विचार करने लगे। अमता को मतलब सबसे पहले समझ में आया।

अपनी छड़ी बाहर निकालकर उसने अपने दिमाग़ से उन सुखद पलों की सारी यादें बाहर निकालीं, जो उसने अपने ग़ायब प्रेमी के साथ गुज़ारे थे और उन्हें बहते पानी में डाल दिया। नदी उन्हें बहाकर ले गई और अब उन्हें सीढ़ियाँ नज़र आने लगीं। अब तीनों जादूगरनियाँ और योद्धा पहाड़ी के शिखर पर चढ़ने के लिए स्वतंत्र थे।

फव्वारा उनके सामने चमक रहा था। इसके चारों तरफ़ बहुत ही दुर्लभ जड़ी – बूटियाँ और इतने सुंदर फूल थे, जितने उन्होंने पहले कभी नहीं देखे थे। आसमान लाल अंगारे की तरह चमक रहा था और अब यह फ़ैसला करने की घड़ी आ गई थी कि उनमें से कौन फव्वारे में नहाएगा।

वे लोग कोई फ़ैसला कर पाएँ, इससे पहले ही कमज़ोर आशा ज़मीन पर गिर पड़ी। शिखर पर चढ़ते – चढ़ते वह इतना थक गई थी कि मौत की कगार पर थी।

उसकी सहेलियाँ उसे फव्वारे तक उठाकर ले जाना चाहती थीं, लेकिन

आशा भारी कष्ट में थी और उसने उनसे विनती की कि वे उसे हाथ भी न लगाएँ।

अल्तेदा ने फटाफट वे जड़ी – बूटियाँ तोड़ीं, जिनसे आशा को सबसे ज़्यादा फ़ायदा हो सकता था। उसने श्रीमान दुर्भाग्यशाली के पानी के तूम्बे में जड़ी – बूटियों को मिलाया और काढ़ा बनाकर आशा के मुँह में डाल दिया।

तुरंत ही आशा उठकर खड़ी हो गई। इतना ही नहीं, उसकी भयंकर बीमारी के सारे लक्षण भी ग़ायब हो गए।

वह चिल्लाई, 'मैं अब ठीक हो गई हूँ! मुझे अब फव्वारे की कोई ज़रूरत नहीं है – अल्तेदा को नहाने दो!'

लेकिन अल्तेदा तो अपने एप्रन में ढेर सारी जड़ी – बूटियाँ भरने में व्यस्त थी।

'अगर मैं इस बीमारी का इलाज कर सकती हूँ, तो मैं बहुत सारा सोना कमा लूँगी! अमता को नहाने दो!'

श्रीमान दुर्भाग्यशाली ने सिर झुका लिया और अमता को फव्वारे की तरफ़ बढ़ने का इशारा किया, लेकिन वह अपना सिर इंकार में हिलाने लगी। नदी उसके प्रेमी की सारी सुखद यादों के साथ – साथ उसके सारे अफ़सोस को भी बहाकर ले गई थी। अब अमता समझ गई थी कि उसका प्रेमी क्रूर और बेवफ़ा था। उसे उससे छुटकारा मिल गया, यह अफ़सोस करने की नहीं, बल्कि ख़ुशी मनाने की बात थी।

अमता ने श्रीमान दुर्भाग्यशाली से कहा, 'भले आदमी, आपके शौर्य के पुरस्कारस्वरूप आपको फव्वारे में नहाना चाहिए!'

यह सुनकर योद्धा ढलते सूरज की आख़िरी किरणों में आगे बढ़ा और ख़ुशक़िस्मती के फव्वारे में नहाने लगा। वह इस बात पर हैरान था कि उसे हज़ारों लोगों में से चुना गया था। अपने अविश्वसनीय भाग्य पर उसका सिर चकरा रहा था।

जब सूरज क्षितिज से नीचे डूबा, तो श्रीमान दुर्भाग्यशाली विजय की महिमा के साथ पानी से बाहर निकला और अपने जंग लगे कवच के साथ अमता के क़दमों में गिर गया। उसने आज तक जितनी महिलाएँ देखी थीं, उनमें अमता सबसे दयालु और सबसे सुंदर थी। सफलता से अभिभूत होकर श्रीमान दुर्भाग्यशाली ने उसका हाथ माँगा और उसके दिल पर अधिकार माँगा। अमता यह सुनकर प्रफुल्लित हो

गई। उसे यह अहसास हो गया कि आख़िरकार उसे एक ऐसा शख़्स मिल गया था, जो उसके लायक़ था।

तीनों जादूगरनियाँ और योद्धा एक – दूसरे का हाथ पकड़कर पहाड़ी से नीचे उतरे और वे चारों लंबा तथा सुखद जीवन जिए। उनमें से किसी को कभी पता नहीं चला, यहाँ तक कि शक भी नहीं हुआ कि फव्वारे के पानी में कोई जादू नहीं था।

'ख़ुशक़िस्मती का फव्वारा' पर एल्बस डम्बलडोर

ख़ुशक़िस्मती का फव्वारा' कहानी हमेशा से बच्चों की पसंदीदा कहानी रही है। यह बच्चों को इतनी ज़्यादा पसंद रही है कि हॉगवर्ट्स के क्रिसमस जलसे में पैंटोमाइम या मूकाभिनय शुरू करने की जो इकलौती कोशिश की गई, वह इसी कहानी पर हुई थी।

उस वक़्त प्रोफ़ेसर हरबर्ट बियरी[1] हमारे

---

1. प्रोफ़ेसर बियरी बाद में हॉगवर्ट्स छोड़कर डब्ल्यू. ए. डी. ए. (नाटकीय कलाओं की जादूगर अकादमी) में पढ़ाने लगे। उन्होंने मुझे एक बार गोपनीय रूप से बताया कि वहाँ जाने के बाद भी उन्होंने इस ख़ास कहानी के मंचन का पुरज़ोर विरोध किया, क्योंकि वे इसे दुर्भाग्यशाली मानते थे।

जड़ी – बूटी विज्ञान के शिक्षक थे। वे शौकिया नाटकों के उत्साही पक्षधर थे। उन्होंने यह प्रस्ताव रखा कि बच्चों की इस प्रिय कहानी के रूपांतरण को बड़े दिन के पखवाड़े में स्टाफ़ और विद्यार्थियों के सामने पेश किया जाए। तब मैं रूप – परिवर्तन विषय का युवा शिक्षक था और हरबर्ट ने मुझे 'विशेष प्रभाव' वाले काम सौंपे। इन कामों में ख़ुशक़िस्मती का पूरी तरह चलता फव्वारा और घास भरी छोटी पहाड़ी बनाना शामिल था। इस पहाड़ी पर हमारी तीनों नायिकाओं और नायक को चढ़ते हुए दिखना था। उनके पहाड़ी चढ़ने के बाद इसे मंच पर नीचे आकर नज़रों से ओझल हो जाना था।

मैं बिना किसी घमंड के यह कह सकता हूँ कि मेरे फव्वारे और पहाड़ी ने अपना काम बख़ूबी किया। बाक़ी के पात्रों के बारे में ऐसा नहीं कहा जा सकता। एक पल के लिए हम उस 'जानवर' को भूल जाते हैं, जो हमारे जादुई प्राणियों की देखभाल के शिक्षक प्रोफ़ेसर सिल्वैनस केटलबर्न ने दिया था। सच तो यह है कि वह नाटक मानवीय भावनाओं की वजह से बरबाद हुआ था। प्रोफ़ेसर बियरी इस नाटक के निर्देशक थे, लेकिन वे उन भावनात्मक दाँव – पेंचों से अनजान थे, जो उनकी नाक के नीचे ख़तरनाक ढंग से सुगबुगा रहे थे। वे नहीं जानते थे कि अमता और श्रीमान दुर्भाग्यशाली की भूमिका निभा रहे विद्यार्थी असली ज़िंदगी में प्रेमी – प्रेमिका थे और उनका यह प्रेम पर्दा उठने के एक घंटे पहले तक चला, जिस पल 'श्रीमान दुर्भाग्यशाली' ने अपना प्रेम 'आशा' के नाम कर दिया।

यह कहना काफ़ी होगा कि ख़ुशक़िस्मती खोजने निकले हमारे खोजी कभी पहाड़ी के ऊपर तक नहीं पहुँच पाए। पर्दा

अभी उठा ही था कि प्रोफ़ेसर केटलबर्न का 'जानवर' – साफ़ दिख रहा था कि यह भस्म – सर्प[2] था, जिस पर वृहदीकरण सम्मोहन किया गया था – गर्म चिंगारियों और धूल की फुहार छोड़ते हुए फट गया, जिससे बड़े हॉल में धुआँ और दृश्य के टुकड़े भर गए। भस्म – सर्प ने मेरी पहाड़ी के नीचे बड़े लाल अंडे दे दिए थे, जिन्होंने फ़र्श के पटियों को सुलगा दिया। दूसरी तरफ़, 'अमता' और 'आशा' एक दूसरे से भिड़ गईं। वे इतने खूँखार अंदाज़ में लड़ रही थीं कि प्रोफ़ेसर बियरी उनके बीच में फँसकर उनके प्रहारों का निशाना बन गए। स्टाफ़ को हॉल ख़ाली करना पड़ा, क्योंकि आग मंच पर इतनी भड़क गई थी कि पूरी जगह के जल जाने का ख़तरा मँडराने लगा था। उस रात का मनोरंजन खचाखच भरे अस्पताल में ख़त्म हुआ। बड़े हॉल में लकड़ी के धुएँ की तीखी बदबू भर गई थी, जिसे ख़त्म होने में कई महीने लग गए। और इससे भी ज़्यादा समय बाद प्रोफ़ेसर बियरी का सिर अपने सामान्य आकार में आ पाया और प्रोफ़ेसर केटलबर्न का प्रोबेशन ख़त्म हुआ।[3] हेडमास्टर अरमान्डो डिपेट ने भावी पैंटोमाइम पर सख़्त पाबंदी लगा दी

---

2. इस विचित्र जानवर के पूरे वर्णन के लिए *विलक्षण जानवर और उन्हें कहाँ खोजा जाए* देखें। इसे लकड़ी के फ़र्श वाले कमरे में लाना ही नहीं चाहिए था, न ही इस पर वृहदीकरण सम्मोहन करना चाहिए था।

3. जादुई प्राणियों की देखभाल शिक्षक के पद पर प्रोफ़ेसर केटलबर्न 62 बार प्रोबेशन पर रहने के बावजूद हॉगवर्ट्स में बने रहे। हॉगवर्ट्स में मेरे पूर्ववर्ती हेडमास्टर प्रोफ़ेसर डिपेट के साथ उनके संबंध हमेशा तनावपूर्ण रहे थे, क्योंकि प्रोफ़ेसर डिपेट उन्हें थोड़ा लापरवाह मानते थे। जब तक मैं हेडमास्टर बना, तब तक प्रोफ़ेसर केटलबर्न काफ़ी परिपक्व हो चुके थे, हालाँकि कुछ लोग आलोचना करते हुए कहते थे कि उनके मूल अंगों में से सिर्फ़ इक्का – दुक्का अंग ही सही – सलामत बचे थे, इसलिए वे जीवन को ज़्यादा धीमी गति से जीने के लिए मजबूर थे।

और यह गर्वीली ग़ैर – मंचीय परंपरा हॉगवर्ट्स में आजतक चली आ रही है।

हमारे नाटक की तबाही को छोड़ दिया जाए, तो 'ख़ुशक़िस्मती का फव्वारा' शायद बीडल की कहानियों में सबसे लोकप्रिय है, हालाँकि 'जादूगर और कूदता बरतन' की तरह ही इसके भी विरोधी रहे हैं। एक से ज़्यादा अभिभावक यह माँग कर चुके हैं कि इस ख़ास कहानी को हॉगवर्ट्स की लाइब्रेरी से हटा दिया जाए। इन अभिभावकों में ब्रूटस मैल्फ़ॉय के वंशज और कभी हॉगवर्ट्स संचालक मंडल के सदस्य रहे श्री लूसियस मैल्फ़ॉय शामिल हैं। श्री मैल्फ़ॉय ने एक पत्र लिखकर इस कहानी पर पाबंदी लगाने की माँग की थी:

जो भी काल्पनिक या वास्तविक साहित्य जादूगरों और मगलुओं के बीच संकरण को चित्रित करता है, उसे हॉगवर्ट्स की लाइब्रेरी से प्रतिबंधित कर देना चाहिए। मैं नहीं चाहता कि मेरा बेटा जादूगर – मगलू विवाह को बढ़ावा देने वाली कहानियाँ पढ़कर अपने शुद्ध ख़ून को गंदा करने के लिए प्रभावित हो।

मैं इस पुस्तक को लाइब्रेरी से हटाने के लिए तैयार नहीं हुआ और संचालक मंडल के बहुसंख्यक सदस्य मेरे साथ थे। मैंने श्री मैल्फ़ॉय को पत्र लिखकर अपने निर्णय का कारण बताया था:

तथाकथित शुद्ध ख़ून वाले परिवार अपनी तथाकथित शुद्धता इसलिए क़ायम रख पाते हैं, क्योंकि वे मगलुओं या मगलुओं से पैदा होने वाले लोगों को अपने वंशवृक्ष से हटा देते हैं या उनके बारे में झूठ बोलते हैं। फिर वे अपना पाखंड बाक़ी लोगों पर भी थोपते हैं और ऐसे सत्य बताने वाली पुस्तकों पर पाबंदी लगाने को कहते हैं, जिन्हें वे स्वीकार नहीं करना चाहते। आज एक भी ऐसा जादूगर या जादूगरनी मौजूद नहीं है, जिसका ख़ून किसी मगलू के ख़ून से न मिला हो। इसलिए मैं इस विषय से जुड़ी किताबों को हमारे विद्यार्थियों के ज्ञान के भंडार से हटाना अतार्किक और अनैतिक मानता हूँ।[4]

इस पत्र के बाद श्री मैल्फ़ॉय ने एक लंबा अभियान छेड़ दिया, जिसका लक्ष्य मुझे हॉगवर्ट्स के हेडमास्टर के पद से हटाना था। यहीं से मैंने भी एक अभियान छेड़ा, जिसका लक्ष्य श्री मैल्फ़ॉय को लॉर्ड वोल्डेमॉर्ट के प्रिय प्राणभक्षी के पद से हटाना था।

---

4. मेरी प्रतिक्रिया के बाद श्री मैल्फ़ॉय ने कई और पत्र लिखे, लेकिन चूँकि उनमें मुख्यतः मेरी बुद्धि, वंश और अंगों पर शर्मनाक टिप्पणियाँ शामिल थीं, इसलिए यहाँ उनकी प्रासंगिकता गौण है।

3

वारलॉक का बालों वाला दिल

किसी समय एक सुंदर, अमीर और प्रतिभाशाली युवा जादूगर रहता था। उसने देखा कि जब भी उसके दोस्त प्रेम के जाल में फँसते थे, तो वे मूर्खों जैसा बरताव करने लगते थे, उछल – कूद करते थे, आइने के सामने सजते – सँवरते रहते थे, उनकी भूख – प्यास चली जाती थी और उनकी गरिमा भी। युवा जादूगर ने क़सम खाई कि वह कभी इस कमज़ोरी का शिकार नहीं होगा और अपनी सुरक्षा को सुनिश्चित करने के लिए उसने काले जादू का इस्तेमाल किया।

जादूगर के परिवार को उसका यह रहस्य मालूम नहीं था। परिवार वाले उसे इतना भावहीन और अलग - थलग देखकर हँसते थे।

वे भविष्यवाणी करते थे, 'जब किसी लड़की पर उसका दिल आएगा, तो सब बदल जाएगा!'

लेकिन युवा जादूगर का दिल किसी लड़की पर नहीं आया। हालाँकि कई युवतियाँ उसके घमंडी व्यवहार को देखकर हैरान होती थीं और उसे ख़ुद पर लट्टू करने के लिए अपनी सबसे अचूक कलाओं का इस्तेमाल करती थीं, लेकिन कोई भी उसके दिल को छूने में कामयाब नहीं हुई। जादूगर को अपनी उदासीनता पर गर्व था और वह अपनी समझदारी के लिए ख़ुद को शाबाशी दे रहा था।

जवानी का पहला झोंका गुज़र गया। अब उस जादूगर के हमउम्र साथी शादी करने लगे और उनके बच्चे होने लगे।

अपने आस – पास के युवा अभिभावकों की अजीबोग़रीब हरकतें देखकर वह मन ही मन उनकी खिल्ली उड़ाता था, 'उनके दिल भूसे के होंगे, जो इन पें – पें करते बच्चों की चीख़ – पुकार से सिकुड़ गए होंगे!'

एक बार फिर उसने समय रहते समझदारी भरा विकल्प चुनने के लिए ख़ुद को बधाई दी।

समय आने पर जादूगर के वृद्ध माँ – बाप गुज़र गए। उनके बेटे को उनकी मौत पर अफ़सोस नहीं हुआ; इसके विपरीत उनकी मौत को उसने अपनी ख़ुशक़िस्मती माना। अब वह महल का इकलौता शासक था। अपना सबसे बड़ा ख़ज़ाना सबसे गहरे तलघर में सुरक्षित रखने के बाद वह ऐशोआराम की ज़िंदगी जीने लगा। उसके बहुत से सेवक थे, जिनका एकमात्र काम उसे आराम पहुँचाना था।

जादूगर को यक़ीन था कि उसके ठाठ – बाट और आरामदेह एकांत को देखकर लोग उससे बहुत जलते होंगे।

लेकिन एक दिन जब उसने अपने दो नौकरों को अपने बारे में बात करते सुना, तो उसके गुस्से और हैरानी का पारावार न रहा।

पहले सेवक ने जादूगर पर तरस खाया, जिसके पास ढेर सारी दौलत और ताक़त तो थी, लेकिन कोई उससे प्यार नहीं करता था।

इस पर उसके साथी ने ताना मारते हुए पूछा कि इतने सारे सोने और आलीशान महल के बावजूद कोई आदमी किसी लड़की को आकर्षित क्यों नहीं कर पाया।

छिपकर उनकी बातें सुनने पर जादूगर का घमंड चूर – चूर हो गया।

उसने तुरंत शादी करने का फ़ैसला किया। वह चाहता था कि उसकी पत्नी बाक़ी सब लड़कियों से श्रेष्ठ हो। वह अप्रतिम सुंदरी होनी चाहिए, जिसे देखकर हर इंसान में ईर्ष्या और हसरत जाग जाए; वह जादुई वंश की होनी चाहिए, ताकि उनकी संतान को विरासत में असाधारण जादुई प्रतिभा मिले और

उसके पास कम से कम उस जितनी दौलत होनी चाहिए, ताकि घर में एक नए मेहमान के आने के बावजूद वे ऐशोआराम की ज़िंदगी जी सकें।

ऐसी युवती को खोजने में जादूगर को पचास साल लग जाते, लेकिन इत्तफ़ाक की बात! जिस दिन उसने ऐसी युवती खोजने का निर्णय लिया, उसी दिन उसके हर पैमाने पर खरी उतरने वाली एक युवती अपने रिश्तेदारों से मिलने के लिए पड़ोस में कुछ दिन रहने आ गई।

यह जादूगरनी जादू में बहुत निपुण थी और उसके पास ढेर सारी दौलत भी थी। उसकी सुंदरता इतनी ज़्यादा थी

कि उसे देखने वाला हर इंसान लट्टू हो जाता था; सिर्फ़ एक इंसान को छोड़कर। जादूगर को अपने दिल में कुछ भी महसूस नहीं होता था। फिर भी वह ऐसा पुरस्कार थी, जिसे वह चाहता था, इसलिए वह उसके साथ प्रेम के चोंचले करने लगा।

जादूगर के व्यवहार में हुए परिवर्तन को देखकर लोग दंग रह गए। सभी लोगों ने उस युवती को बताया कि वह उस जगह कामयाब हुई थी, जहाँ सैकड़ों युवतियाँ नाकाम रही थीं।

जादूगर का ध्यान पाकर वह युवती मोहित भी थी और

विकर्षित भी। उसे उसकी चापलूसी की गर्मी के पीछे भावहीन ठंडक का अहसास होता था। वह कभी इतने अजीब और अलग – थलग आदमी से नहीं मिली थी। मगर उसके रिश्तेदार कह रहे थे कि उनकी जोड़ी बहुत अच्छी है। जादूगर युवती के सम्मान में एक बड़ी दावत दे रहा था और युवती के रिश्तेदारों ने इस मामले को आगे बढ़ाने के लिए उसके आमंत्रण को स्वीकार कर लिया।

टेबल चाँदी और सोने के बरतनों से भरी हुई थी, जिनमें सबसे शानदार शराब और सबसे लजीज़ भोजन था।

संगीतकार रेशमी तार वाले वाद्ययंत्र बजाते रहे और उस प्रेम के गीत गाते रहे, जो उनके मालिक को कभी महसूस ही नहीं हुआ था। युवती एक सिंहासन पर जादूगर के पास बैठी थी। जादूगर धीमे सुर में बोलता रहा और उसकी तारीफ़ के क़सीदे पढ़ता रहा, जिन्हें उसने कवियों से चुराया था, हालाँकि उसे उनका सच्चा मतलब मालूम नहीं था।

युवती हैरानी से उसकी बात सुनती रही और आख़िरकार बोली, 'जादूगर महाशय, आप बोलते बहुत अच्छा हैं और मुझे आपके प्रेम के इज़हार से बड़ी ख़ुशी होती, बशर्ते मुझे यक़ीन होता कि आपके पास दिल है!'

जादूगर मुस्कुराकर बोला कि उसे इस मामले में डरने की कोई ज़रूरत नहीं है। उसे अपने पीछे आने का इशारा करके वह उसे दावत से दूर ले गया। वे दोनों उस तलघर में नीचे पहुँचे, जहाँ जादूगर ने अपना सबसे बड़ा ख़ज़ाना छिपा रखा था।

वहाँ काँच के एक सम्मोहित संदूक में जादूगर का धड़कता हुआ दिल रखा था। आँख – कान और अँगुलियों से लंबे समय तक दूर रहने के कारण यह कभी सौंदर्य, सुरीली आवाज़ या रेशमी त्वचा के अहसास का शिकार नहीं हुआ था। युवती इसे देखकर दहशत में आ गई, क्योंकि दिल सिकुड़ गया था और लंबे काले बालों से ढँका था।

'ओह, आपने यह क्या कर दिया?' वह दुखी होकर बोली। 'मैं आपसे विनती करती हूँ कि इसे वहीं रखें जहाँ इसे होना चाहिए!'

युवती को ख़ुश करने के लिए यह ज़रूरी था, यह देखते हुए जादूगर ने अपनी छड़ी निकाली, काँच के संदूक का ताला खोला, अपने सीने को चीरा और बाल वाले दिल को दोबारा उस ख़ाली कोटर में रख दिया, जहाँ यह कभी रहा करता था।

युवती चिल्लाई, 'अब आप ठीक हो गए हैं और अब आप सच्चे प्रेम को समझ पाएँगे!' यह कहकर युवती जादूगर के गले लग गई।

उसकी कोमल गोरी बाँहों के स्पर्श, कान में उसकी साँस की ध्वनि, उसके भारी सुनहरे बालों की ख़ुशबू: इन सभी ने नए जागे हुए दिल को बरछों की तरह चीर दिया। अपने लंबे निर्वासन काल में यह अजीब हो गया था। इसे जिस अंधकार में पटका गया था, उसमें यह अंधा और वहशी हो चुका था। इसकी भूख शक्तिशाली और विकृत हो गई थी।

दावत में मेहमानों ने इस बात पर ग़ौर किया कि उनका मेज़बान और युवती उनके बीच मौजूद नहीं थे। पहले तो उन्हें कोई चिंता नहीं हुई, लेकिन कई घंटे गुज़रने पर वे चिंता करने लगे और महल की तलाशी लेने लगे।

आख़िरकार वे तलघर में पहुँचे, जहाँ एक भयंकर दृश्य उनका इंतज़ार कर रहा था।

युवती फ़र्श पर मरी पड़ी थी, उसका सीना चीर दिया गया था और उसके बग़ल में पागल जादूगर उकड़ूँ बैठा था। जादूगर के ख़ून से सने हाथ में एक बड़ा, चिकना, चमकता लाल दिल था, जिसे वह चाट रहा था और सहला रहा था। वह क़सम खा रहा था कि वह इस दिल को अपने ख़ुद के दिल की जगह पर रखेगा।

उसके दूसरे हाथ में छड़ी थी, जिससे वह अपने सिकुड़े हुए, बालों वाले दिल को सीने से बाहर निकलने के लिए उकसा रहा था। लेकिन बालों वाला दिल उससे ज़्यादा ताक़तवर था और उसने उसकी इंद्रियों पर अपनी पकड़ त्यागने से इंकार कर दिया। वह उस कफ़न में नहीं लौटना चाहता था, जहाँ उसे इतने लंबे समय तक ताले में बंद रखा गया था।

मेहमानों की दहशत भरी नज़रों के सामने जादूगर ने अपनी छड़ी फेंक दी और चाँदी का खंजर उठा लिया। अपने दिल से न हारने की क़सम खाते हुए उसने इसे अपने सीने से खोदकर बाहर निकाल लिया।

एक पल के लिए तो जादूगर विजयी दिख रहा था, जिसके दोनों हाथों में एक – एक दिल था; फिर यह युवती के शरीर पर गिर पड़ा और मर गया।

'वारलॉक का बालों वाला दिल' पर एल्बस डम्बलडोर

जैसा हम पहले देख चुके हैं, उदारता, सहिष्णुता और प्रेम की विषयों को लेकर बीडल की पहली दो कहानियों की आलोचना हुई है। लिखे जाने के बाद सैकड़ों सालों तक 'वारलॉक का बालों वाला दिल' की न तो ज़्यादा आलोचना हुई है, न ही इसे सुधारकर दोबारा लिखा गया है। मैंने मूल कूटलिपि में जो कहानी पढ़ी, वह मेरी माँ की सुनाई कहानी जैसी ही थी। बहरहाल, मुझे यह भी कहना होगा कि 'वारलॉक का बालों वाला दिल' बीडल की कहानियों में सबसे वीभत्स है और कई माता – पिता इसे

अपने बच्चों को तब तक नहीं सुनाते, जब तक कि वे इतने बड़े न हो जाएँ कि उन्हें बुरे सपने न आएँ।[1]

फिर यह डरावनी कहानी आज तक क्यों ज़िंदा है? मेरे ख़्याल से 'वारलॉक का बालों वाला दिल' कहानी सदियों से इसलिए अक्षुण्ण है, क्योंकि यह हम सभी के दिल की स्याह गहराइयों को छूती है। यह जादू के सबसे बड़े और सबसे कम स्वीकार किए गए प्रलोभनों में से एक के बारे में है: अभेद्यता या पूर्ण सुरक्षा की खोज।

ज़ाहिर है, ऐसी खोज मूर्खतापूर्ण फंतासी से ज़्यादा कुछ नहीं है। कोई भी जीवित पुरुष या महिला, चाहे वह जादूगर हो या न हो, किसी न किसी तरह की चोट से कभी नहीं बच पाया है, चाहे यह शारीरिक हो, मानसिक हो या भावनात्मक हो। चोट पहुँचना उतना ही मानवीय है, जितना कि साँस लेना। बहरहाल, हम जादूगर इस विचार के प्रति ख़ास तौर पर वशीभूत रहते हैं कि हम ज़िंदगी को अपनी इच्छानुसार तोड़–मरोड़ सकते हैं। मिसाल के तौर पर, इस

1.अपनी डायरी के अनुसार बीट्रिक्स ब्लॉक्सम इस कहानी को छिपकर सुनने के सदमे से कभी नहीं उबर पाई। उसने यह कहानी चुपके से तब सुनी थी, जब उसकी चाची उसके ज़्यादा बड़े चचेरे भाई – बहनों को यह कहानी सुना रही थीं। 'बिलकुल संयोग से मेरा कान कीहोल पर पहुँच गया। मैं सिर्फ़ कल्पना ही कर सकती हूँ कि मैं दहशत से अपाहिज हो गई होऊँगी, क्योंकि मैंने अनजाने में ही यह वीभत्स कहानी पूरी सुन ली; मेरे अंकल नॉबी, स्थानीय डायन और उछलते बुलबुलों के बोरे के बहुत घृणित मामले के वीभत्स विवरणों को तो रहने ही दें। इस सदमे की वजह से मेरी जान जाते – जाते बची; मैं एक सप्ताह तक बिस्तर पर पड़ी रही। मैं इतने गहरे सदमे में थी कि हर रात को मैं नींद में चलकर उसी कीहोल तक पहुँच जाती थी। मेरे प्यारे पापा को मेरे सर्वश्रेष्ठ हितों को ध्यान में रखते हुए रात को मेरे दरवाज़े पर चिपकू सम्मोहन करना पड़ा।' स्पष्ट रूप से बीट्रिक्स 'वारलॉक का बालों वाला दिल' कहानी को बच्चों के संवेदनशील कानों के लिए उपयुक्त बनाने का कोई तरीक़ा नहीं खोज पाईं, क्योंकि उन्होंने इसे *द टोडस्टूल टेल्स* के लिए दोबारा नहीं लिखा।

कहानी में युवा जादूगर[2] यह फ़ैसला करता है कि प्रेम में पड़ने से उसके आराम और सुरक्षा पर आँच आएगी। वह प्रेम को अपमान, कमज़ोरी और इंसान के भावनात्मक तथा भौतिक संसाधनों में नुक़सान मानता है।

ज़ाहिर है, प्रेम काढ़ों का सदियों पुराना व्यापार हमें दिखाता है कि इस कहानी वाला जादूगर प्रेम के अनिश्चित मार्ग को नियंत्रित करने की इच्छा रखने वाला अकेला इंसान नहीं है। सच्चे प्रेम काढ़े[3] की खोज आज तक जारी है, लेकिन ऐसा कोई काढ़ा आज तक कभी नहीं बन पाया है और अग्रणी काढ़ा – निर्माताओं को शक है कि यह कभी बन भी नहीं पाएगा।

इस कहानी का नायक तो प्रेम के नाटक में भी रुचि नहीं रखता है, जिसे वह इच्छानुसार बना सकता है या नष्ट कर सकता है। वह हमेशा उससे दूर रहना चाहता है, जिसे वह एक तरह की बीमारी मानता है, इसलिए वह ऐसे काले जादू

---

2. ('वारलॉक' शब्द बहुत पुराना है। हालाँकि कई बार इसका इस्तेमाल 'जादूगर' के पर्यायवाची के रूप में किया जाता है, लेकिन इसका मूल अर्थ उस जादूगर से था, जो द्वंद्वयुद्ध और लड़ाकू जादू की सभी कलाओं में पारंगत हो। यह साहसिक कारनामे करने वाले जादूगरों को दिया जाने वाला ख़िताब भी है, जिस तरह मगलुओं को साहसिक कामों के लिए नाइट का ख़िताब दिया जाता है। इस कहानी में युवा जादूगर को वारलॉक कहकर बीडल यह बताते हैं कि वह पहले से ही काले जादू में निपुण था। इन दिनों जादूगर 'वारलॉक' शब्द का इस्तेमाल दो में से एक तरीक़े से करते हैं: असाधारण ख़ूँख़्वार दिखने वाले जादूगर का वर्णन करने के लिए या किसी ख़ास योग्यता या उपलब्धि को बताने वाले ख़िताब के रूप में। डम्बलडोर खुद वाइज़नगैमट के मुख्य वारलॉक थे। जेकेआर)

3. मोस्ट एक्स्ट्राऑर्डिनरी सोसायटी ऑफ़ पोशनीयर्स की संस्थापक हेक्टर डैगवर्थ – ग्रेंजर स्पष्ट करती हैं: 'सुयोग्य काढ़ा – निर्माताओं द्वारा प्रबल सम्मोहन डाला जा सकता है, लेकिन प्रेम जैसा सचमुच अटूट, अमर, बिना शर्त का अनुराग उत्पन्न करने में आज तक कोई भी कामयाब नहीं हुआ है।'

का इस्तेमाल करता है, जो सिर्फ़ कहानी की पुस्तक में ही संभव है: वह अपने दिल को ताले में बंद कर देता है।

इस काम की तुलना कई लेखकों ने होरक्रक्स बनाने से की है। हालाँकि बीडल का नायक मौत से बचने की कोशिश नहीं कर रहा है, लेकिन वह एक ऐसी चीज़ को विभाजित कर रहा है, जिसे स्पष्ट रूप से विभाजित नहीं करना चाहिए – वह आत्मा के बजाय शरीर और दिल को विभाजित कर रहा है – और ऐसा करके वह एडलबर्ट वैफ़लिंग के जादू के पहले बुनियादी नियम की अवहेलना कर रहा है:

> *सबसे गहरे रहस्यों – जैसे जीवन का स्त्रोत या स्व का सार – से छेड़छाड़ तभी करें, जब आप सबसे बुरे और सबसे ख़तरनाक क़िस्म के परिणामों के लिए तैयार हों।*

निश्चित रूप से, इंसान से ऊपर उठने के चक्कर में यह मूर्ख युवक ख़ुद को अमानवीय बना देता है। उसने जिस दिल को ताले में बंद कर दिया है, वह धीरे–धीरे सिकुड़ता जाता है और उसमें बाल उग आते हैं। यह इस बात की निशानी है कि उसका पतन हो रहा है और वह पशु जैसा बन रहा है। वह आख़िरकार एक वहशी दरिंदे में बदल जाता है, जो शक्ति से अपनी मनचाही चीज़ हासिल करने पर आमादा हो जाता है। वह उसे दोबारा हासिल करने की असफल कोशिश में मर जाता है, जो अब हमेशा के लिए उसकी पहुँच से बाहर है – इंसान का दिल।

'बालों वाला दिल होना' हालाँकि एक प्राचीन कथन है, लेकिन यह रोज़मर्रा की जादूगरी भाषा में आ चुका है, जिसका इस्तेमाल किसी भावहीन जादूगरनी या जादूगर का वर्णन करने के लिए किया जाता है। मेरी चिर कुआँरी चाची ओनोरिया हमेशा कहती थीं कि उन्होंने जादू के अनुचित उपयोग कार्यालय में काम करने वाले एक जादूगर के साथ अपनी सगाई तोड़ दी थी, क्योंकि उन्हें समय रहते पता चल गया था कि 'उसका बालों वाला दिल है।' (वैसे अफ़वाह यह है कि उन्होंने उस आदमी को कुछ कठोरकेशियों[4] को सहलाते और पुचकारते हुए देख लिया था, जिससे उन्हें गहरा सदमा लगा था।) हाल में स्व – सहायता पुस्तक *द हेयरी हार्टः अ गाइड टु विज़ाड़्र्स हू वोन्ट कमिट*[5] बेस्टसेलर सूचियों में अव्वल स्थान पर रही है।

---

4. कठोरकेशी कठोर बालों से ढँके, गुलाबी रंग के मशरूम जैसे दिखने वाले जीव हैं। इन्हें कोई प्यार से पुचकारना क्यो चाहेगा, यह बात समझना कठीन हैं। अधिक जानकारी के लिए *विलक्षण जानवर और उन्हें कहाँ खोजा जाए* देखिए।

5. *बालों वाली थूथन, मानवीय दिल* से गड़बड़झाला न करें, जो भेड़िया बनने की जादुई क़ाबिलियत के साथ एक आदमी के संघर्ष का मर्मभेदी वर्णन है।

4

बैबिटी रैबिटी और उसका खिलखिलाता ठूँठ

बहुत समय पहले एक दूर – दराज़ के देश में एक मूर्ख राजा रहता था। एक दिन उसने यह फ़ैसला किया कि जादू की शक्ति सिर्फ़ उसी के पास होनी चाहिए।

इसलिए उसने अपने सेनापति को आदेश दिया कि वह जादूगर – खोजी दल बनाए। जादूगरों और जादूगरनियों की धरपकड़ के लिए दल को खूँखार काले कुत्तों का झुंड भी दे दिया गया। तुरंत ही राजा ने राज्य के हर गाँव और शहर में डोंडी पिटवा दीः 'राजा को चाहिए, जादू का शिक्षक।'

कोई भी सच्चा जादूगर या जादूगरनी उस पद के लिए दावेदारी पेश करने नहीं आया, क्योंकि डर के मारे वे सभी जादूगर – खोजी दल से छिप रहे थे।

लेकिन उस राज्य में एक चालाक धोखेबाज़ इंसान भी रहता था। उसके पास कोई जादुई शक्ति नहीं थी, लेकिन डोंडी पिटने पर उसने राजा से पैसे ऐंठने का मौका ताड़

लिया। वह बहुत योग्य जादूगर होने का दावा करता हुआ महल पहुँच गया। धोखेबाज़ इंसान ने कुछ आसान करतब किए, जिससे मूर्ख राजा को उसकी जादुई शक्तियों पर भरोसा हो गया। राजा ने उस धोखेबाज़ इंसान को तुरंत मुख्य जादूगर – राजा का निजी जादुई प्रशिक्षक – नियुक्त कर दिया।

धोखेबाज़ जादूगर ने राजा से थैला भर सोना माँगा, ताकि वह छड़ियाँ और जादू के लिए बाक़ी ज़रूरी सामान ख़रीद ले। उसने कई बड़े माणिक भी माँगे, जिनका इस्तेमाल बीमारी दूर करने वाले सम्मोहनों में किया जाता था। इसके अलावा, उसने चाँदी के कुछ प्याले भी माँगे, जिनमें काढ़ों को भरना और पकाना था। मूर्ख राजा ने ये सारी चीज़ें उसे दे दीं।

धोखेबाज़ जादूगर ने ख़ज़ाना सुरक्षित रूप से अपने घर में भर लिया। इसके बाद वह महल के मैदान में लौट आया।

उसे पता नहीं था कि मैदान के कोने पर एक झोंपड़ी बनी थी, जिसमें से एक बूढ़ी औरत उसे देख रही थी। उस औरत का नाम बैबिटी था। वह एक धोबन थी, जो महल के

कपड़ों को नरम, खुशबूदार और सफ़ेद रखती थी। सूख रही चादरों के पीछे से झाँकने पर बैबिटी ने देखा कि धोखेबाज़ जादूगर ने राजा के एक पेड़ से दो टहनियाँ तोड़ीं और इसके बाद वह महल में घुस गया।

धोखेबाज़ जादूगर ने राजा को एक टहनी दी और कहा कि यह बहुत ही शक्तिशाली छड़ी है।

धोखेबाज़ जादूगर बोला, 'लेकिन यह सिर्फ़ तभी काम करेगी, जब आप इसके योग्य बन जाएँगे।'

हर सुबह धोखेबाज़ जादूगर और मूर्ख राजा महल के गैदान में पहुँच जाते थे, जहाँ वे अपनी छड़ियाँ घुमाते थे और आसमान की तरफ़ देखकर कुछ भी अगड़म – बगड़म चिल्लाते रहते थे। धोखेबाज़ जादूगर हमेशा ज़्यादा करतब दिखाने का नाटक करता था, ताकि अपने मुख्य जादूगर की योग्यता पर राजा का भरोरा बना रहे और उन छड़ियों की शक्ति के बारे में भी, जिन्हें ख़रीदने में उसका इतना सारा सोना लगा था।

एक सुबह धोखेबाज़ जादूगर और मूर्ख राजा हमेशा की

तरह अपनी टहनियाँ घुमा रहे थे, गोलों में उछल रहे थे और अर्थहीन तुकबंदियाँ दोहरा रहे थे। तभी राजा के कानों को एक ज़ोरदार खिलखिलाहट सुनाई दी। बैबिटी धोबन अपनी छोटी सी झोपड़ी की खिड़की से राजा और धोखेबाज़ जादूगर को देख रही थी। वह इतनी ज़ोर – ज़ोर से हँस रही थी कि उससे खड़ा नहीं रहा जा रहा था और वह हँसते – हँसते दोहरी हो गई।

राजा ने कहा, 'मैं बहुत ही अशोभनीय दिख रहा होऊँगा, तभी वह बूढ़ी धोबन इतनी जमकर हँस रही है!' उसने उछलना और टहनी घुमाना छोड़कर त्योरी चढ़ा ली। 'मैं अब अभ्यास करते – करते थक चुका हूँ! जादूगर यह बताओ, मैं अपनी प्रजा के सामने सच्चे मंत्र पढ़ने के लिए कब तक तैयार हो जाऊँगा!'

धोखेबाज़ जादूगर ने अपने शिष्य को शांत करने और यह यक़ीन दिलाने की कोशिश की कि वह

जल्दी ही जादू के आश्चर्यजनक कारनामे करने लगेगा, लेकिन बैबिटी की खिलखिलाहट ने मूर्ख राजा के दिल पर इतनी भारी चोट की थी, जिसका धोखेबाज़ जादूगर को ज़रा भी अंदाज़ा नहीं था।

राजा बोला, 'कल हम दरबार वालों को बुलाएँगे कि वे अपने राजा को जादू करते देखें!'

धोखेबाज़ समझ गया कि अब अपना ख़ज़ाना बटोरकर भागने का समय आ गया है।

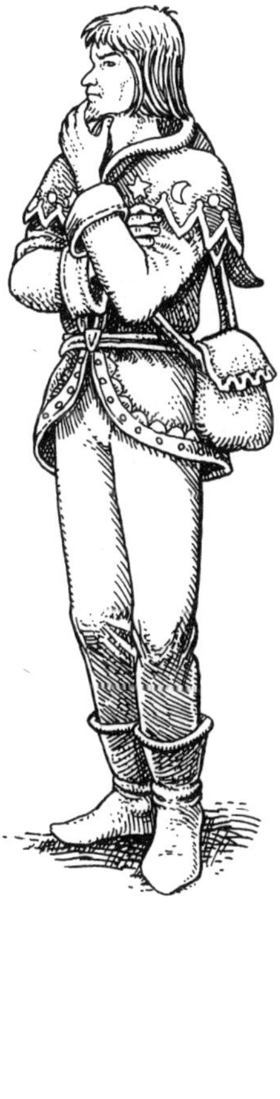

वह बोला, 'महामहिम, यह तो असंभव है! मैं महामहिम को बताना भूल गया था कि कल मुझे एक लंबी यात्रा पर जाना है –'

'जादूगर, अगर तुम मेरी इजाज़त के बगैर इस महल से बाहर गए, तो मेरा जादूगर – खोजी दल अपने कुत्तों के साथ तुम्हें खोज निकालेगा! कल सुबह तुम दरबारियों की आँखों के सामने जादू करने में मेरी मदद करोगे और अगर कोई मुझ पर हँसा, तो मैं तुम्हारा सिर धड़ से अलग करा दूँगा!'

यह कहने के बाद राजा तेज़ी

से महल में चला गया। धोखेबाज़ जादूगर अकेला रह गया। उसे बहुत डर लग रहा था। उसकी सारी चालाकी भी अब उसे नहीं बचा सकती थी। वह भागकर कहीं नहीं जा सकता था, न ही वह जादू करने में राजा की मदद कर सकता था, क्योंकि उसे ख़ुद जादू नहीं आता था।

अपने डर और गुस्से का गुबार निकालने के लिए धोखेबाज़ जादूगर बैबिटी धोबन की खिड़की तक गया। अंदर झाँकने पर उसने देखा कि बूढ़ी औरत टेबल पर बैठकर एक छड़ी चमका रही थी। क़रीब ही राजा की चादरें एक कोने में लकड़ी के टब में ख़ुदबख़ुद धुल रही थीं।

धोखेबाज़ जादूगर तुरंत समझ गया कि बैबिटी सचमुच की जादूगरनी है। उसने मन ही मन सोचा कि जिस औरत ने उसके लिए भारी समस्या खड़ी की है, वह उसे सुलझा भी सकती है।

धोखेबाज़ जादूगर गरजा, 'डायन! तुम्हारी खिलखिलाहट की मुझे भारी क़ीमत चुकानी पड़ी है! अगर तुमने मेरी मदद नहीं की, तो मैं तुम्हारे जादूगरनी होने की बात सबको बता दूँगा और राजा के कुत्ते तुम्हारे शरीर की बोटी – बोटी खा जाएँगे!'

बूढ़ी बैबिटी धोखेबाज़ जादूगर की तरफ़ देखकर मुस्कुराई। उसने उसे तसल्ली दी कि वह उसकी मदद करने के लिए कुछ भी करने को तैयार है, जो वह कर सकती है।

धोखेबाज़ जादूगर ने उसे हिदायत दी कि जब राजा अपने जादू का प्रदर्शन करे, तो वह ख़ुद को एक झाड़ी के अंदर छिपा ले और राजा के मंत्रों के अनुरूप ख़ुद जादू के कारनामे करे, ताकि राजा को पता भी न चले और उसका जादू काम कर जाए। बैबिटी इस योजना पर अमल करने को तैयार हो गई, लेकिन उसने एक सवाल पूछा।

'अगर राजा ने कोई ऐसा मंत्र पढ़ा, जिसे बैबिटी नहीं कर सकती हो, तो क्या होगा?'

धोखेबाज़ जादूगर की त्योरी चढ़ गई।

उसने बैबिटी को आश्वस्त किया, 'तुम्हारा जादू उस मूर्ख की कल्पना से ज़्यादा अच्छा है।' फिर वह महल में लौट गया। वह अपनी चतुराई से बहुत ख़ुश था।

अगली सुबह राज्य के सभी दरबारी महल के मैदान में इकट्ठे हुए। राजा उनके सामने एक मंच पर चढ़ा और धोखेबाज़ जादूगर उसके बग़ल में खड़ा था।

राजा एक महिला दरबारी की तरफ़ अपनी छड़ी तानकर चिल्लाया, 'सबसे पहले मैं इस भद्र महिला का हैट ग़ायब करता हूँ!'

क़रीब की एक झाड़ी के भीतर छिपी बैबिटी ने अपनी छड़ी हैट की तरफ़ तानी और उसे ग़ायब कर दिया। यह देखकर भीड़ को बहुत हैरानी हुई और उन्होंने ज़ोरदार तालियाँ बजाकर इस करतब की प्रशंसा की, जिससे राजा ख़ुश हो गया।

राजा चिल्लाया, 'इसके बाद मैं उस घोड़े को हवा में उड़ाऊँगा!' उसने छड़ी से अपने घोड़े की तरफ़ इशारा किया।

झाड़ी के भीतर से बैबिटी ने अपनी छड़ी घोड़े की तरफ़ घुमाई और यह हवा में ऊपर उठ गया।

भीड़ अब पहले से भी ज़्यादा रोमांचित और हैरान थी। लोगों ने गर्जना करके अपने जादुई राजा की सराहना की।

'और अब,' राजा किसी विचार की तलाश में चारों ओर देखने लगा। उसी समय जादूगर खोजी दल का कप्तान दौड़ता हुआ सामने आया।

कप्तान ने कहा, 'महामहिम, आज सुबह ही सैब्रे ज़हरीला कुकुरमुत्ता खाने से मर गया है! अपनी छड़ी से उसे दोबारा ज़िंदा कर दें, महामहिम!'

यह कहते हुए कप्तान ने सबसे बड़े जादूगर खोजी कुत्ते की बेजान लाश को मंच पर रख दिया।

मूर्ख राजा ने अपनी छड़ी हिलाकर कुत्ते की लाश की तरफ़ इशारा किया। लेकिन झाड़ी के भीतर बैबिटी मुस्कुराई और उसने अपनी छड़ी उठाने का भी कष्ट नहीं किया, क्योंकि वह जानती थी कि कोई भी जादू मुर्दे को दोबारा ज़िंदा नहीं कर सकता।

जब कुत्ते की लाश में ज़रा भी हरकत नहीं दिखी, तो भीड़ पहले तो फुसफुसाने लगी और फिर हँसने लगी। उन्हें शक हो रहा था कि राजा के पहले दो कारनामे कहीं सिर्फ़ हाथ की सफ़ाई तो नहीं थे।

'यह मंत्र क्यों काम नहीं कर रहा है?' राजा धोखेबाज़ जादूगर पर चिल्लाया। जान बचाने के लिए धोखेबाज़ जादूगर ने वह इकलौता बहाना बना दिया, जो उसके दिमाग़ में आया।

'वहाँ, महामहिम, वहाँ!' उसने चिल्लाते हुए उस झाड़ी की तरफ़ इशारा किया, जहाँ बैबिटी छिपी हुई थी। 'वहाँ मुझे एक दुष्ट जादूगरनी दिख रही है, जो बुरे मंत्र पढ़कर आपके जादू को रोक रही है! उसे पकड़ो, कोई उसे पकड़ो!'

बैबिटी झाड़ी से बाहर निकलकर दौड़ने लगी और जादूगर खोजी दल उसका पीछा करने लगा। कुत्तों को बैबिटी के पीछे छोड़ दिया गया, जो उसके ख़ून के प्यासे थे। लेकिन एक नीची बाड़ के पास पहुँचने पर छोटी जादूगरनी नज़रों से ओझल हो गई। जब राजा, धोखेबाज़ जादूगर और बाक़ी दरबारी दूसरी तरफ़ पहुँचे, तो उन्होंने देखा कि जादूगर खोजी दल के कुत्ते एक झुके हुए पुराने पेड़ के आस – पास खड़े होकर खोद रहे थे और भौंक रहे थे।

'उसने रूप बदल लिया है; वह पेड़ बन गई है!' धोखेबाज़ जादूगर चिल्लाया। उसे यह डर था कि कहीं बैबिटी दोबारा औरत बनकर उसकी पोल न खोल दे, इसलिए उसने आगे यह भी जोड़ दिया, 'इस पेड़ को काट डालें, महामहिम। यही बुरी जादूगरनियों से निबटने का तरीक़ा है!'

तुरंत एक कुल्हाड़ी बुलाई गई और पुराने पेड़ को काटकर गिरा दिया गया, जिस पर दरबारियों और धोखेबाज़ जादूगर ने तालियाँ बजाईं।

जब वे महल लौटने की तैयारी कर रहे थे, तो ज़ोरदार खिलखिलाहट की आवाज़ ने उनके बढ़ते क़दम रोक दिए।

'मूर्खों!' उस ठूँठ से बैबिटी की आवाज़ सुनाई दी, जिसे वे पीछे छोड़कर जा रहे थे। 'किसी भी जादूगरनी या जादूगर को बीच से काटकर नहीं मारा जा सकता! अगर तुम्हें मेरी बात पर यक़ीन नहीं है, तो कुल्हाड़ी उठाओ और अपने मुख्य जादूगर को दो टुकड़ों में काटकर देखो!'

जादूगर खोजी दल का कप्तान यह प्रयोग करने के लिए उत्सुक था, लेकिन जैसे ही उसने अपनी कुल्हाड़ी उठाई, धोखेबाज़ जादूगर अपने घुटनों के बल गिर गया, दया की भीख माँगने लगा और उसने अपनी सारी बुराई कबूल कर ली। जब उसे घसीटकर कालकोठरी की ओर ले जाया गया, तो पेड़ का ठूँठ पहले से भी ज़्यादा खिलखिलाने लगा।

'एक जादूगरनी को बीच से काटकर तुमने अपने राज्य पर एक भयंकर शाप को बुला लिया है!' इसने आतंकित राजा को बताया। 'आज के बाद अगर तुमने मेरे साथी जादूगरों और जादूगरनियों का ज़रा सा भी नुक़सान किया, तो उसके बाद तुम्हें ऐसा महसूस होगा जैसे तुम्हारे शरीर पर कुल्हाड़ी का प्रहार हुआ है। तुम्हें इतनी पीड़ा होगी कि तुम यह कामना करने लगोगे कि इससे तो अच्छा है कि तुम मर जाओ!'

यह सुनकर राजा भी घुटनों के बल बैठ गया। उसने ठूँठ से कहा कि वह तुरंत एक मुनादी करा देगा, जिसमें राज्य के सभी जादूगरों और जादूगरनियों को सुरक्षा प्रदान की जाएगी और उन्हें जादू का अभ्यास शांति में करने दिया जाएगा।

ठूँठ ने कहा, 'बहुत बढ़िया, लेकिन तुमने बैबिटी के बलिदान की भरपाई तो की ही नहीं है!'

'मैं कोई भी चीज़, कोई भी चीज़ करने को तैयार हूँ!' मूर्ख राजा ने कहा और ठूँठ के सामने अपने हाथ मले।

ठूँठ ने कहा, 'अपनी ग़रीब धोबन की याद में तुम मुझ पर बैबिटी की एक मूर्ति बनाओगे, जो तुम्हें अपनी मूर्खता की याद दिलाती रहे!'

राजा तुरंत इसके लिए तैयार हो गया। उसने राज्य के सबसे बड़े मूर्तिकार से मूर्ति बनवाने का वादा किया और यह भी कहा कि मूर्ति शुद्ध सोने की होगी। इसके बाद शर्मिंदा राजा और उसके सभी दरबारी महल लौट गए। पेड़ का ठूँठ उनके पीछे खिलखिलाता रहा।

जब मैदान बिलकुल ख़ाली हो गया, तो पेड़ के ठूँठ की जड़ों के बीच बने बिल से एक मोटा और गलमुच्छों वाला बूढ़ा ख़रगोश रेंगकर बाहर निकला, जिसके दाँतों के बीच

एक छड़ी दबी थी। बैबिटी कूदती हुई मैदान से बाहर निकली और दूर चली गई। इसके बाद उस पेड़ के ठूँठ पर धोबन की सोने की मूर्ति लगाई गई और उस राज्य में किसी जादूगर या जादूगरनी को दोबारा कभी नहीं सताया गया।

'बैबिटी रैबिटी और उसका खिलखिलाता ठूँठ' पर एल्बस डम्बलडोर

'बैबिटी रैबिटी और उसका खिलखिलाता ठूँठ' कई मायनों में बीडल की सबसे 'असली' कहानी है, क्योंकि इस कहानी का जादू ज्ञात जादुई नियमों की लगभग पूरी तरह से पुष्टि करता है।

इस कहानी को बचपन में पढ़कर ही हममें से कई लोगों को यह जानकारी मिली कि जादू मुर्दा लोगों को ज़िंदा नहीं कर सकता – यह बहुत निराशा और सदमे भरी जानकारी थी, क्योंकि छुटपन में हमें विश्वास था कि हमारे माता – पिता छड़ी लहराकर हमारे मृत चूहों और बिल्लियों को दोबारा

जिंदा कर सकते हैं। हालाँकि यह कहानी छह सदी पहले लिखी गई थी और इस दौरान हमने अपने प्रियजनों की सतत उपस्थिति[1] का भ्रम क़ायम रखने के असंख्य तरीक़े ईजाद कर लिए हैं, लेकिन मौत होने के बाद शरीर और आत्मा को दोबारा एक करने का कोई भी तरीक़ा जादूगरों को अब तक नहीं मिल पाया है। जैसा अग्रणी जादूगर दार्शनिक बर्ट्रेन्ड डी पेन्सीज़ – प्रोफ़ंडेज़ अपनी मशहूर पुस्तक *अ स्टडी इनटु द पॉसिबिलिटी ऑफ़ रिवर्सिंग द एक्चुअल एंड मेटाफ़िज़िकल इफ़ेक्ट्स ऑफ़ नैचुरल डैथ, विद पर्टिकुलर रिगार्ड टु रिइंटेगरेशन ऑफ़ एसेंस एंड मैटर में लिखते हैं:* 'यह कोशिश छोड़ दें। यह कभी नहीं होने वाला है।'

बैबिटी रैबिटी की कहानी में इच्छाधारी नरपशु के सबसे शुरुआती साहित्यिक उल्लेखों में से एक भी पाया जाता है, क्योंकि बैबिटी धोबन के पास इच्छानुसार पशु में बदलने की दुर्लभ जादुई योग्यता है।

जादूगर जनसंख्या में इच्छाधारी नरपशुओं की संख्या बहुत कम है। इंसान से जानवर में आदर्श, त्वरित रूप – परिवर्तन हासिल करने के लिए बहुत अध्ययन तथा अभ्यास की ज़रूरत होती है। कई जादूगर व जादूगरनियाँ मानते हैं कि इसमें इतना समय लगाने के बजाय इसका इस्तेमाल

---

1. (जादूगरों के फ़ोटो और तस्वीर उस व्यक्ति की तरह हिलते हैं और (तस्वीर के मामले में) बात भी करते हैं। शहिवाख़्का दर्पण जैसी दूसरी दुर्लभ चीज़ें भी किसी खोए हुए प्रियजन की स्थिर तस्वीर से ज़्यादा प्रकट कर सकती हैं। भूत पारदर्शी होते हैं – उन जादूगरों व जादूगरनियों के चलते हुए, बोलते हुए और सोचते हुए संस्करण, जो किसी कारण धरती पर रहना चाहते थे। जेकेआर)

बेहतर तरीक़ों से किया जा सकता है। निश्चित रूप से, इस योग्यता का इस्तेमाल सीमित होता है, जब तक कि किसी को वेश बदलने या छिपने की भारी ज़रूरत न हो। इसी वजह से जादू मंत्रालय ने इच्छाधारी नरपशु का रजिस्टर बनाने पर ज़ोर दिया है, क्योंकि इस बारे में कोई शक नहीं है कि इस तरह के जादू से सबसे ज़्यादा फ़ायदा उन्हीं लोगों को होता है, जो संदिग्ध, ख़ुफ़िया या आपराधिक गतिविधियों में संलग्न होते हैं।[2]

यह शक के दायरे में है कि क्या कभी कोई धोबन रही थी, जो अपना रूप बदलकर ख़रगोश बन सकती थी। कुछ जादुई इतिहासकारों ने सुझाव दिया है कि बीडल ने मशहूर फ़्रांसीसी जादूगरनी लिसेट डी लैपिन की तर्ज पर बैबिटी का पात्र गढ़ा था, जिन्हें 1422 में पेरिस में जादूगरी के आरोप में सज़ा दी गई थी। उनके मगलू प्रहरियों के आश्चर्य का ठिकाना नहीं रहा (बाद में जादूगरनी को निकल भागने का मौक़ा देने के लिए इन प्रहरियों पर मुकदमा चलाया गया था), जब लिसेट मौत की सजा मिलने के एक रात पहले जेल की कालकोठरी से ग़ायब हो गईं। हालाँकि यह कभी साबित नहीं हुआ है कि लिसेट इच्छाधारी नरपशु थीं, जो अपनी कालकोठरी की खिड़की की सलाखों के बीच से भाग

2. (हॉगवट्र्स की हेडमिस्ट्रेस प्रोफ़ेसर मैक्गॉनेगल ने मुझसे यह स्पष्ट करने को कहा है कि वे रूपांतरण के सभी क्षेत्रों में वृहद शोधों की वजह से ही इच्छाधारी नरपशु बनी थीं और उन्होंने धारीदार बिल्ली में बदलने की अपनी क़ाबिलियत का इस्तेमाल कभी किसी गुप्त इरादे से नहीं किया। उन्होंने मायापंछी की सेना की तरफ़ से वैध काम में ही अपनी इस योग्यता का इस्तेमाल किया था, जहाँ गोपनीयता बरक़रार रखना और छिपकर काम करना अनिवार्य था। जेकेआर)

निकली थीं, लेकिन इस घटना के बाद एक बड़े सफेद ख़रगोश को इंग्लिश चैनल पार करते देखा गया था, जो पाल बँधी कड़ाही में बैठा था। बाद में ऐसे ही ख़रगोश को सम्राट हेनरी भाष्ठम् के दरबार में विश्वसनीय सलाहकार बनाया गया था।[3]

बीडल की कहानी वाला राजा मूर्ख मगलू है, जो जादू के प्रति आकर्षित भी है और इससे डरता भी है। वह मानता है कि सिर्फ़ मंत्र सीखकर और छड़ी लहराकर कोई भी जादूगर बन सकता है।[4] वह जादू और जादूगरों की सच्ची प्रकृति से बिलकुल अनजान है, इसलिए वह धोखेबाज़ जादूगर और बैबिटी दोनों के ही बेसिरपैर के सुझावों को सही मान लेता है। यह निश्चित रूप से एक ख़ास तरह की मगलू सोच का उदाहरण हैः अपने अज्ञान की वजह से वे जादू के बारे में तमाम असंभव बातों पर भरोसा कर लेते हैं, जिनमें यह बात भी शामिल है कि बैबिटी ने ख़ुद को एक ऐसे पेड़ में बदल लिया, जो सोच सकता है और बात कर सकता है। (बहरहाल, यहाँ यह ग़ौर करना मुनासिब है कि

---

3. इससे उस मगलू राजा की मानसिक अस्थिरता की छवि में इज़ाफ़ा हुआ होगा।

4. रहस्य विभाग में हुए गहन अध्ययनों ने दर्शाया है कि 1672 जितने पुराने समय में भी जादूगर और जादूगरनियाँ बनाए नहीं जाते थे, पैदा होते थे। हालाँकि जादू करने की 'शरारती' योग्यता स्पष्ट ग़ैर – जादुई वंश के लोगों में भी नज़र आती है (वैसे बाद में हुए कई अध्ययनों ने सुझाव दिया है कि ऐसे लोगों के परिवार के वंशवृक्ष में कहीं न कहीं पर कोई जादूगर या जादूगरनी रही होगी), लेकिन मगलू लोग जादू नहीं कर सकते। वे जिस सबसे अच्छे – या सबसे बुरे – की उम्मीद कर सकते हैं, वह यह है कि उनके हाथ में आने पर कोई सच्ची जादुई छड़ी आकस्मिक और अनियंत्रित परिणाम उत्पन्न कर दे; छड़ी जादू के प्रवाहित होने का साधन होती है, इसलिए उसमें कई बार अवशिष्ट शक्ति होती है, जो अजीब पलों में बाहर निकल सकती है – 'तीन भाइयों की कहानी' में छड़ी संबंधी किंवदंती पर टिप्पणी देखें।

हालाँकि बीडल बोलने वाले पेड़ से हमें यह दिखाना चाहता है कि मगलू राजा कितना अज्ञानी है, लेकिन साथ में वह हमसे यह विश्वास करने को भी कहता है कि ख़रगोश बनने के बाद भी बैबिटी बोल सकती है। यह साहित्यिक अतिशयोक्ति हो सकती है, लेकिन मेरे ख़्याल से यह ज़्यादा संभव है कि बीडल ने इच्छाधारी नरपशु के बारे में सिर्फ़ सुना होगा और वह किसी इच्छाधारी नरपशु से कभी सचमुच नहीं मिला होगा, क्योंकि वह इस कहानी में जादुई नियमों के साथ यही इकलौती स्वतंत्रता लेता है। इच्छाधारी नरपशु जब पशु के रूप में होते हैं, तो वे मानवीय भाषा की शक्ति खो देते हैं, हालाँकि उनकी मानवीय सोच – विचार और तर्क की शक्तियाँ क़ायम रहती हैं। जैसा हर स्कूल जाने वाला बच्चा जानता है, यह इच्छाधारी नरपशु होने और रूप – परिवर्तन करके पशु बनने के बीच का बुनियादी अंतर है। बाद वाले मामले में वह इंसान पूरी तरह पशु बन जाएगा, यानी उसे जादू का ज्ञान नहीं रहेगा, यह भी होश नहीं रहेगा कि वह कभी जादूगर था और वह अपने मूल स्वरूप में तभी लौट सकता है, जब कोई दूसरा उसका रूप बदल दे।)

मेरे ख़्याल से असली जादुई परंपराओं से प्रेरित होकर ही बीडल ने अपनी नायिका से पेड़ में बदलने का नाटक कराया और राजा को कुल्हाड़ी के प्रहार जैसी पीड़ा की धमकी दी। जो पेड़ अच्छी छड़ी दे सकते हैं, उनकी रक्षा और सालसँभाल छड़ीसाज़ शिद्दत से करते हैं। ऐसे पेड़

काटते समय न सिर्फ़ बाउट्रकल्स या वृक्षरक्षकों[5] के क्रोध का जोखिम रहता है, जो आम तौर पर इन पेड़ों में रहते हैं, बल्कि पेड़ के मालिकों द्वारा उन पर लगाए गए सुरक्षात्मक शापों के बुरे परिणाम भी झेलने पड़ सकते हैं। जादू मंत्रालय ने बीडल के युग तक पीड़ीकृत शाप को ग़ैर – क़ानूनी नहीं बनाया था[6], जिससे ठीक वैसी ही पीड़ा हो सकती थी, जिसकी धमकी बैबिटी राजा को देती है।

---

5. इन छोटे और विचित्र वृक्षवासियों के पूर्ण वर्णन के लिए देखें *विलक्षण जानवर और उन्हें कहाँ खोजा जाए।*

6. पीड़ीकृत, सम्मोहन और तत्क्षण मृत्यु शाप 1717 में पहली बार अक्षम्य घोषित किए गए थे, जिनके इस्तेमाल पर गंभीर दंड का प्रावधान किया गया था।

5

तीन भाइयों की कहानी

एक समय की बात है। तीन भाई एक सुनसान, घुमावदार सड़क पर शाम के धुँधलके में यात्रा कर रहे थे। तीनों भाई एक नदी के किनारे पर पहुँचे, जो इतनी गहरी थी कि वे इसे चलकर पार नहीं कर सकते थे और तैरकर पार करना भी बहुत ख़तरनाक था। बहरहाल, इन भाइयों को जादू आता था। उन्होंने अपनी छड़ी लहराकर नदी पर पुल बना लिया। वे इस पर आधी दूर ही पहुँचे थे कि एक नक़ाबपोश आकृति ने उनका रास्ता रोक लिया।

और मौत उनसे बातचीत करने लगी। वह नाराज़ थी कि उसके तीन नए शिकार उसके चंगुल से बचकर जा रहे हैं, क्योंकि आम तौर पर यात्री नदी में डूब जाते थे। लेकिन मौत बहुत चालाक थी। उसने तीनों भाइयों की जादुई निपुणता पर उन्हें बधाई दी और कहा कि चूँकि वे इतने चतुर हैं कि उससे बचकर निकल रहे हैं, इसलिए वे एक – एक पुरस्कार के हक़दार हैं।

सबसे बड़ा भाई लड़ाकू प्रवृत्ति का था। उसने मौत से दुनिया की सबसे ताक़तवर छड़ी माँगी: ऐसी छड़ी जो इसके मालिक को द्वंद्वयुद्ध में हमेशा जीत दिलाए, जो मौत को जीतने वाले जादूगर के क़ाबिल हो! यह सुनकर मौत नदी किनारे लगे एल्डर के पेड़ तक गई और उसने उसकी एक शाखा से छड़ी बनाकर सबसे बड़े भाई को दे दी।

दूसरा भाई घमंडी था। उसने मौत को थोड़ा ज़्यादा अपमानित करने का फ़ैसला किया। उसने कहा कि उसे मुर्दा लोगों को वापस इस दुनिया में बुलाने की शक्ति चाहिए। मौत ने नदी किनारे से एक पत्थर उठाकर दूसरे भाई को दे दिया और कहा कि इस पत्थर में मरे हुए लोगों को वापस बुलाने की शक्ति है।

इसके बाद मौत ने तीसरे और सबसे छोटे भाई से पूछा कि उसे क्या चाहिए। सबसे छोटा भाई तीनों में सबसे विनम्र और समझदार था। उसे मौत पर भरोसा नहीं था। उसने कहा कि उसे ऐसी चीज़ चाहिए, जिसकी बदौलत वह उस जगह से इस तरह जा सके कि मौत उसके पीछे न आ पाए। बड़ी अनिच्छा से मौत ने उसे अपना अदृश्य चोगा दे दिया।'

फिर मौत एक तरफ़ हट गई और तीनों भाई आगे जाने लगे। चलते – चलते वे इस रोमांचक अद्‌भुत घटना के बारे में बात कर रहे थे और मौत के दिए तोहफ़ों का गुणगान कर रहे थे।

समय के साथ तीनों भाई अलग हो गए और अपनी – अपनी दिशा में चल पड़े। सबसे बड़ा भाई एक सप्ताह की यात्रा के बाद एक दूर के गाँव पहुँचा। उस गाँव में एक जादूगर रहता था, जिससे उसकी पुरानी दुश्मनी थी। ज़ाहिर है, जब हथियार के रूप में एल्डर वैंड उसके पास थी, तो दुश्मन जादूगर से हुए द्वंद्वयुद्ध में वह कैसे नहीं जीतता? अपने दुश्मन को ज़मीन पर मरा हुआ छोड़कर सबसे बड़ा भाई एक शराबख़ाने में गया, जहाँ उसने ज़ोर – ज़ोर से अपनी शक्तिशाली छड़ी की डींग हाँकी। वह चिल्ला – चिल्लाकर सबको बता रहा था कि यह मौत का तोहफ़ा था और इससे वह अजेय बन गया था।

उसी रात को सबसे बड़े भाई के कमरे में एक जादूगर चुपके से घुस आया। बड़ा भाई शराब के नशे में धुत्त सोया था। चोर ने उसकी छड़ी चुरा ली और एहतियात के तौर पर उसका गला भी काट दिया।

इस तरह मौत ने पहले भाई को हरा दिया।

इस दौरान दूसरा भाई अपने घर पहुँच गया, जहाँ वह अकेला रहता था। यहाँ उसने उस पत्थर को बाहर निकाला, जिसमें मरे लोगों को वापस बुलाने की शक्ति थी। उसने

उस पत्थर को तीन बार अपने हाथ में घुमाया। उसे हैरानी और ख़ुशी हुई कि उसकी मरी हुई प्रेमिका, जिससे वह शादी करना चाहता था, तत्काल उसके सामने प्रकट हो गई।

बहरहाल प्रेमिका दुखी और भावहीन थी। ऐसा लग रहा था, जैसे उनके बीच पर्दा हो और वे उसके कारण अलग हों। वह इस दुनिया में लौट ज़रूर आई थी, लेकिन वह दरअसल यहाँ की नहीं थी, इसलिए उसे बहुत कष्ट

हो रहा था। अंत में, अपनी हताशा भरी हसरत से दूसरा भाई पागल हो गया और उसने अपनी प्रेमिका के पास सचमुच पहुँचने के लिए अपनी जान दे दी।

इस तरह मौत ने दूसरे भाई को भी हरा दिया।

फिर मौत तीसरे भाई की तलाश करने लगी। वह कई सालों तक तलाश करती रही, लेकिन वह उसे कहीं नहीं मिला। जब सबसे छोटा भाई बहुत बूढ़ा हो गया, तब जाकर उसने अंत में अपना

अदृश्य चोगा उतारा और अपने बेटे को दे दिया। फिर उसने मौत का स्वागत किसी पुराने दोस्त की तरह किया और उसके साथ ख़ुशी–ख़ुशी और बराबर वालों की तरह इस दुनिया को छोड़कर गया।

'तीन भाइयों की कहानी' पर एल्बस डम्बलडोर

इस कहानी ने बचपन में मुझ पर गहरा असर डाला। मैंने इसे पहली बार अपनी माँ से सुना और जल्दी ही मैं उनसे सोते समय यही कहानी सुनाने की बार–बार फ़रमाइश करने लगा। इससे अक्सर छोटे भाई एबरफ़ोर्थ से मेरी हुज्जत हो जाती थी, जिसकी प्रिय कहानी 'गंदी ग्रम्बल बकरी' थी।

'तीन भाइयों की कहानी' का सबक़ इससे ज़्यादा स्पष्ट नहीं हो सकता: मौत से बचने या उसे जीतने की इंसान की कोशिशें हमेशा नाकाम रहती हैं। कहानी में तीसरा भाई

('सबसे विनम्र और सबसे समझदार भी') ही इस बात को समझता है कि एक बार मौत से बाल – बाल बचने पर वह सबसे अच्छी उम्मीद यह कर सकता है कि उससे अगली मुलाक़ात को ज़्यादा से ज़्यादा समय तक टाला जाए। सबसे छोटा भाई यह जानता है कि मौत का मखौल उड़ाने – पहले भाई की तरह हिंसा में संलग्न होने या दूसरे भाई की तरह प्रेत विद्या के काले जादू में उलझने[1] – का मतलब एक ऐसी चालाक दुश्मन से लड़ना है, जो कभी हार ही नहीं सकती।

विसंगति यह है कि इस कहानी को लेकर एक अजीब किंवदंती फैल गई है, जो मूल कहानी के संदेश के विरोध में है। इस किंवदंती के अनुसार मौत ने भाइयों को जो तोहफ़े दिए थे – एक अजेय छड़ी, एक पत्थर जो मौत के बाद लोगों को संसार में वापस बुला सकता है और एक अदृश्य चोगा जो हमेशा – हमेशा के लिए क़ायम रहता है – वे वास्तविक हैं और असली दुनिया में मौजूद हैं। किंवदंती इससे आगे तक जाती है: अगर कोई इंसान इन तीनों चीज़ों का जायज मालिक बन जाए, तो वह 'मौत का मालिक' बन जाएगा, जिसका आम तौर पर यह मतलब समझा जाता है कि वह अजेय और अमर बन जाएगा।

---

1. (प्रेत विद्या मुर्दा लोगों को जगाने का काला जादू है। यह जादू की एक ऐसी शाखा है, जो कभी कारगर नहीं रही है, जैसा यह कहानी स्पष्ट करती है। जेकेआर)

इससे मानव स्वभाव के बारे में जो पता चलता है, उस पर हम थोड़े दुख से मुस्कुरा सकते हैं। सबसे दयालु व्याख्या यह होगीः 'आशा अमर होती है।'[2] बीडल के अनुसार तीन में से दो वस्तुएँ बेहद ख़तरनाक हैं और यह हम सभी जानते हैं कि मौत देर – सबेर हम सभी के पास आती है, लेकिन इस स्पष्ट संदेश के बावजूद मुट्ठी भर जादूगरों का अटल विश्वास रहा है कि बीडल उन्हें एक कूट संदेश भेज रहा था, जो कहानी में लिखी गई बात का ठीक उलटा था और सिर्फ़ वही इतने चतुर हैं कि उन्होंने इसका असली मतलब समझ लिया।

उनके अनुमान (या शायद 'हताश आशा' ज़्यादा सटीक शब्दावली होगी) के समर्थन में बहुत कम वास्तविक प्रमाण हैं। सच्चे अदृश्य चोगे हालाँकि दुर्लभ हैं, लेकिन वे हमारे संसार में मौजूद हैं; बहरहाल कहानी बताती है कि मृत्यु का चोगा अनूठा है और बहुत स्थायी प्रकृति का है।[3] बीडल के युग और हमारे युग के बीच जो

---

2. (यह उद्धरण बताता है कि एल्बस डम्बलडोर न सिर्फ़ जादूगर साहित्य के असाधारण पाठक थे, बल्कि वे मगलू कवि अलैक्ज़ेंडर पोप के साहित्य से भी परिचित थे। जेकेआर)

3. (अदृश्य चोगे आम तौर पर अभेद्य नहीं होते हैं। वे फट सकते हैं, उम्र के साथ अर्ध – पारदर्शी हो सकते हैं या उन पर किया गया सम्मोहन कमज़ोर पड़ सकता है या उजागर करने वाले सम्मोहनों से उनकी काट की जा सकती है। इसीलिए जादूगर और जादूगरनियाँ ख़ुद को छिपाने के लिए आम तौर पर विभ्रम सम्मोहनों का इस्तेमाल करते हैं। एल्बस डम्बलडोर इतना शक्तिशाली विभ्रम सम्मोहन करने के लिए मशहूर थे कि चोगे के बिना ही ख़ुद को अदृश्य बना सकते थे। जेकेआर)

सदियाँ गुज़री हैं, उनमें किसी ने भी मौत के चोगे का मालिक होने का कभी दावा नहीं किया। सच्चे विश्वासी इसकी व्याख्या इस तरह करते हैं: या तो तीसरे भाई के वंशज यह जानते ही नहीं हैं कि उनका चोगा कहाँ से आया है या फिर वे जानते तो हैं, लेकिन इस बात को छिपाकर अपने पूर्वज जैसी बुद्धिमानी का परिचय दे रहे हैं।

ज़ाहिर है, पत्थर भी कभी नहीं मिला है। जैसा मैं 'बैबिटी रैबिटी और उसका खिलखिलाता ठूँठ' की व्याख्या में पहले ही लिख चुका हूँ, हम मृत लोगों को दोबारा ज़िंदा नहीं कर सकते और आज की तारीख़ में यह कहना सुरक्षित है कि ऐसा कभी होगा भी नहीं। ज़ाहिर है, काले जादूगरों ने इसके कुछ दुष्ट विकल्प खोज लिए हैं, जिन्होंने सजीव – लाशें[4] बनाने में कामयाबी हासिल की है, लेकिन ये विकराल कठपुतलियाँ बनाना है, इंसानों को सचमुच पुनर्जीवित करना नहीं है। यही नहीं, बीडल की कहानी बहुत स्पष्टता से यह सच्चाई बताती है कि दूसरे भाई की मृत प्रेमिका मृत्युलोक से सचमुच नहीं लौटी थी। उसे दूसरे भाई को मौत के शिकंजे में फँसाने के लिए मौत ने प्रलोभन के रूप में भेजा था, इसलिए वह भावहीन तथा दूर–दूर रहती

---

4. (सजीव – लाशें वे लाशें हैं, जिन्हें काले जादू से दोबारा चलायमान किया गया है। जेकेआर)

थी, तरसाने वाले ढंग से मौजूद भी थी और अनुपस्थित भी थी।[5]

अब बचती है छड़ी! यहाँ बीडल के छिपे हुए संदेश के कट्टर समर्थकों के पास अपने बेबुनियाद दावों के समर्थन में थोड़ा ऐतिहासिक प्रमाण है। मामला यह है – चाहे इसलिए क्योंकि वे ख़ुद को महिमामंडित करना चाहते थे या संभावित हमलावरों को डराना चाहते थे या अपनी कही बात में सचमुच विश्वास करते थे – कि युगों – युगों से जादूगर सामान्य से बहुत शक्तिशाली छड़ी रखने का दावा करते आ रहे हैं, जो 'अजेय' है। इनमें से कुछ जादूगरों ने तो यहाँ तक दावा किया है कि उनकी छड़ी एल्डर वृक्ष की टहनी से बनी है, जिस वृक्ष से कहानी में मौत ने छड़ी बनाई थी। इस छड़ी को कई नामों से पुकारा गया है, जिनमें 'तक़दीर की छड़ी' और 'मौत की छड़ी' नाम शामिल हैं।

यह आश्चर्यजनक नहीं है कि हमारी छड़ियों को लेकर कई अंधविश्वास पुराने ज़माने से चले आ रहे हैं, जो हमारी सबसे महत्वपूर्ण जादुई साधन और हथियार हैं। कुछ छड़ियों (और इसलिए उनके गालिकों) को परस्पर – विरोधी माना जाता है:

---

5. कई आलोचकों को विश्वास है कि मुर्दों को वापस बुलाने वाले इस पत्थर के बारे में लिखते समय बीडल पारस पत्थर से प्रेरित हुए थे, जो अमरता देने वाला अमृत बनाता है।

जब लड़के की छड़ी बलूत की हो और लड़की की शूलपर्णी की, तो शादी करना समझदारी नहीं है।

या मालिक के चरित्र में दोष बताने के लिए:

रोवन की छड़ी वाला पीठ पीछे बुराई करता है, शाहबलूत वाला आलस करता है, ऐश की छड़ी वाला ज़िद्दी होता है, हेज़ल की छड़ी वाला अफ़सोस करता है।

निश्चित रूप से, बिना आज़माई हुई कहावतों की इस श्रेणी में हमें यह कहावत भी मिलती है:

एल्डर की छड़ी वाले कभी समृद्ध नहीं होते।

एल्डर वृक्ष की लकड़ी को छड़ीसाज़ ज़्यादा पसंद नहीं करते हैं। शायद इसके पीछे यह कारण होगा कि बीडल की कहानी में मौत ने अपनी काल्पनिक छड़ी एल्डर की लकड़ी से बनाई थी। इसके पीछे यह कारण भी हो सकता है कि शक्ति के भूखे या हिंसक जादूगरों ने लगातार दावा किया है कि उनकी छड़ी एल्डर की लकड़ी से बनी है।

बेहद शक्तिशाली और ख़तरनाक शक्तियों वाली एल्डर की छड़ी का पहला प्रमाणित उल्लेख हमें बताता है कि यह एमरिक के पास थी। एमरिक को 'बुरा' माना जाता था। वह एक अल्पजीवी लेकिन असामान्य रूप से आक्रामक जादूगर था, जिसने मध्य युग की शुरुआत में दक्षिण इंग्लैंड में आतंक मचा रखा था। वह उसी तरह मरा, जिस तरह वह जिया था – एगबर्ट नाम के जादूगर के साथ खूँख़ार द्वंद्वयुद्ध में। एगबर्ट का क्या हुआ, यह अज्ञात है, हालाँकि यह कहना उचित होगा कि मध्ययुग में द्वंद्वयोद्धाओं की ज़िंदगी आम तौर पर छोटी होती थी। जादू मंत्रालय द्वारा काले जादू के इस्तेमाल पर नियंत्रण करने से पहले द्वंद्वयुद्ध आम तौर पर घातक होते थे।

इसके बाद एक पूरी सदी तक इस छड़ी का कोई उल्लेख नहीं मिला। फिर गोडेलॉट नामक एक बुरे जादूगर ने काले जादू के अध्ययन को आगे बढ़ाते हुए ख़तरनाक मंत्रों का संग्रह लिखा। उसका दावा था कि यह संग्रह उसने एक शैतान छड़ी की मदद से लिखा है। अपनी नोटबुक में उसने अपनी छड़ी का वर्णन इस तरह किया था, 'मेरी सबसे दुष्ट और चालाक मित्र, एलहॉर्न की लकड़ी वाली[6], जो जादू के सबसे बुरे तरीक़े जानती है।' (गोडेलॉट की पुस्तक का शीर्षक था *जादू सबसे दुष्ट!*)

---

6. 'एल्डर' का पुराना नाम।

जैसा साफ़ नज़र आता है, गोडेलॉट अपनी छड़ी को एक सहयोगी, लगभग एक शिक्षक, मानता है। छड़ी संबंधी किंवदंतियों[7] का ज्ञान रखने वाले जादूगर इस बात से सहमत होंगे कि छड़ियाँ अपने मालिकों की विशेषज्ञता को सचमुच सोख लेती हैं, हालाँकि यह एक अनिश्चित और दोषयुक्त काम है। किसी ख़ास जादूगर के हाथ में छड़ी कैसा प्रदर्शन करेगी, इस बारे में हमें सभी तरह के घटकों पर विचार करना चाहिए, जैसे छड़ी और उपयोगकर्ता का आपसी संबंध। लेकिन कई शैतानी जादूगरों के हाथों से गुज़रने वाली काल्पनिक छड़ी के मामले में इतना तो कहा ही जा सकता है कि यह सबसे ख़तरनाक क़िस्म के जादू के साथ उल्लेखनीय नाता रखेगी।

ज़्यादातर जादूगर और जादूगरनियाँ किसी दूसरे की पुरानी छड़ी के बजाय उस छड़ी को ज़्यादा पसंद करते हैं, जिसने उन्हें ख़ुद 'चुना' हो। इसका कारण यह है कि संभवतः पुरानी छड़ी ने अपने पिछले मालिक से कुछ ऐसी आदतें सीख ली हों, जो इसके नए मालिक की जादू की शैली के अनुकूल न हों। मालिक या मालकिन की मृत्यु के बाद उसकी छड़ी को उसके साथ दफ़नाने (या जलाने) की आम परंपरा का उद्देश्य भी यही है कि कोई छड़ी बहुत ज़्यादा मालिकों से जादू न सीख पाए। बहरहाल, एल्डर छड़ी के विश्वासी मानते हैं कि मालिकों के प्रति इसकी

---

7. जैसे कि मैं ख़ुद।

स्वामीभक्ति – अगला मालिक पहले पर विजय पाता है, आम तौर पर उसे मारकर – को देखते हुए एल्डर छड़ी को कभी नष्ट या दफ़न नहीं किया गया है, बल्कि इसने सामान्य से बहुत ज़्यादा बुद्धिमत्ता और शक्ति हासिल करके ख़ुद को बचाए रखा है।

गोडेलॉट अपनी ही कालकोठरी में मर गया था, क्योंकि उसके पागल बेटे हियरवार्ड ने उसे नज़रबंद कर दिया था। हम यह मान लेते हैं कि हियरवार्ड ने अपने पिता की छड़ी छीन ली होगी, वरना पिता बचकर भाग निकलता, लेकिन उसके बाद हियरवार्ड ने छड़ी के साथ क्या किया, यह हम यक़ीन के साथ नहीं कह सकते। हमें तो बस इतना पक्का पता है कि बार्नाबास डेवरिल ने अपनी जिस छड़ी को 'एल्ड्रन छड़ी'[8] का नाम दिया था, वह शुरुआती अठारहवीं सदी में प्रकट हुई। डेवरिल ने इसका इस्तेमाल करके एक डरावने जादूगर की छवि बना ली, जब तक कि उतने ही कुख्यात लोक्सियास ने उसके आतंक का साम्राज्य ख़त्म नहीं किया, जिसने छड़ी अपने कब्ज़े में लेकर इसका नया नाम 'मृत्युछड़ी' रखा और इसकी मदद से ख़ुद को नाख़ुश करने वाले हर इंसान को ठिकाने लगा दिया। लोक्सियास के बाद छड़ी का क्या हुआ, यह पता लगाना मुश्किल है, क्योंकि कई लोगों ने उसे ख़त्म करने का दावा किया है, जिनमें उसकी माँ भी शामिल थी।

---

8. यह भी 'एल्डर' का पुराना नाम है।

एल्डर छड़ी के तथाकथित इतिहास का अध्ययन करने वाले किसी भी समझदार जादूगर या जादूगरनी को यह समझ में आ जाएगा कि जिस भी व्यक्ति ने इसका मालिक बनने का दावा किया है[9], उसने हमेशा इस बात पर ज़ोर दिया है कि यह 'अजेय' है, हालाँकि कई मालिकों के हाथों से इसके गुज़रने के ज्ञात तथ्य बताते हैं कि इसे न सिर्फ़ सैकड़ों बार हराया गया है, बल्कि यह मुश्किल को उसी तरह आकर्षित करती है, जिस तरह गंदी ग्रम्बल बकरी मक्खियों को आकर्षित करती है। अंततः एल्डर छड़ी की खोज उस अवलोकन का समर्थन करती है, जो मुझे अपने लंबे जीवन में कई बार देखने का मौक़ा मिला है: कि इंसान में ठीक वही चीज़ें चुनने की खूबी होती है, जो उसके लिए सबसे बुरी होती हैं।

लेकिन अगर हमें मौत के तोहफ़ों का विकल्प मिलता, तो हममें से कौन तीसरे भाई जैसी बुद्धिमत्ता दिखाता? जादूगर और मगलू दोनों ही शक्ति के भूखे होते हैं; कितने लोग होंगे, जो 'तक़दीर की छड़ी' का प्रतिरोध करेंगे? जिस इंसान ने अपने प्रिय व्यक्ति को खोया हो, वह पुनर्जीवन पत्थर के प्रलोभन का प्रतिरोध कैसे कर सकता है? मैं एल्बस डम्बलडोर भी अदृश्य चोगे से इंकार करने

---

9. किसी भी जादूगरनी ने कभी एल्डर छड़ी की मालकिन होने का दावा नहीं किया। इसका आप जो चाहे, वह मतलब निकाल लें।

को सबसे आसान पाऊँगा, जिससे सिर्फ़ यही पता चलता है कि हालाँकि मैं चतुर हूँ, लेकिन मैं भी हर एक की तरह ही परले दर्जे का मूर्ख हूँ।

लुमॉस टीम की ओर से एक संदेश

लुमॉस (संज्ञा; लू–मॉस):

1. *प्रकाश करने का एक मंत्र, जिसे छड़ी – प्रकाश सम्मोहन के नाम से भी जाना जाता है। (उद्गम: हैरी पॉटर श्रृंखला)*
2. *सभी बच्चे सुरक्षित और प्यारभरे परिवारों में पले–बढ़े यह सुनिश्चित करने वाला एक धर्मादाय संस्थान।*

यह सब एक फ़ोटो से शुरू हुआ।

जब जे.के. रोलिंग ने एक छोटे बच्चे की श्वेत–श्याम तस्वीर देखी – जो अकेला था, संसार से दूर रह रहा था, अपने परिवार से दूर था और एक अनाथालय में पल रहा था – तो वे अपनी नज़रें नहीं हटा पाईं।

अब इस बच्चे को पचास लाख से गुणा करें।

पूरे संसार में इतने सारे बच्चे हैं, जो अपना शुरुआती जीवन इन रहवासी संस्थाओं में बिताते हैं – मूलत: अनाथालयों में। फ़र्क़ यह है कि ये बच्चे अनाथ नहीं हैं; उनका परिवार उनसे प्रेम करता है और उन्हें चाहता है। लेकिन वे ग़रीबी में पैदा हुए हैं या अपंगता के शिकार हैं,

या प्रजातीय अल्पसंख्यक हैं या किसी ऐसी जगह पर हैं, जहाँ कोई समर्थन नहीं मिलता है।

ल्यूमॉस में हमने जो पाया है और जिस पर काम किया है, वह क्रांतिकारी है: यह कम महँगा है और अनाथालयों को बंद कराने में ज़्यादा सफल है। यह अनाथालयों का पैसा सामुदायिक समाधानों की ओर लगाने में सफल रहा है, जो बच्चों का समर्थन उनके घरों में करते हैं, जहाँ उनकी असली जगह है।

हम यहाँ कैसे पहुँचे?

पिछले दशकों में अनाथालय बहुत से असुरक्षित बच्चों और परिवारों के लिए स्वाभाविक आश्रय बन गए हैं। अक्सर हताश अभिभावकों को यही एकमात्र विकल्प बताया जाता है। इसका नतीजा विध्वंसक होता है और जीवन में उनके अवसरों पर गहरा असर डालता है।

शोध बताता है कि अनाथालय में पलने वाले बच्चों के साथ दुर्व्यवहार, उपेक्षा और उन्हें अवैध रूप से बेचने का जोखिम बढ़ जाता है। यही नहीं, वयस्क के रूप में वे बाहरी संसार में तालमेल बैठाने के लिए जूझते रहते हैं।

असली परिवर्तन की राह पर प्रकाश डालना

यदि हमें अपने संसार को समृद्ध करना है, तो हमें यह सुनिश्चित करना होगा कि सभी बच्चे न सिर्फ़ ज़िंदा रहें, बल्कि फलें – फूलें। ल्यूमॉस उस मुख्य घटक पर ध्यान

केंद्रित करती है, जो बच्चों को वह भावनात्मक पोषण देता है, जिसकी उन्हें ज़रूरत है: अभिभावकों का प्रेम और परवाह।

शिशुओं के शुरुआती मानसिक विकास पर हुआ शोध बताता है कि सतत परवरिश में मिलने वाला ध्यान, प्रतिक्रियाशीलता और उद्दीपन – और शिशु व अभिभावक के बीच फलस्वरूप बनने वाला बंधन – से मस्तिष्क के विकास में मदद मिलती है। सारांश में, अभिभावक और बच्चे का आपसी बंधन ही वह जड़ है, जिससे सारी सफलता और सारा कल्याण विकसित होता है।

हालाँकि अनाथालय सर्वश्रेष्ठ इरादों से बनाए जाते हैं, लेकिन वहाँ के कर्मचारी परवाह करने की चाहे जितनी कोशिश कर लें, वे परिवार की जगह नहीं ले सकते। अनाथालयों में बच्चे बहुत ज़्यादा होते हैं, स्टाफ़ बहुत कम होता है, जिससे वे उद्दीपन के बिना – या मानवीय संपर्क के बिना भी – घंटों अकेले रहते हैं।

सौभाग्य से यह एक ऐसी समस्या है, जिसे सुलझाया जा सकता है। संसार के कई देश अनाथालयों में बच्चों की देखभाल करने से दूर जा चुके हैं। इसके बजाय वे बहुत सहायता और समर्थन प्रदान करते हैं, ताकि बच्चे अपने परिवार और समुदाय में ही रह सकें।

एक वैश्विक संगठन

हमारे काम ने यूरोप में तराजू के पलड़े को झुकाया है: यूरोपीय संघ और अन्य बड़े दानदाता अब समझ गए हैं कि

अनाथालय समस्या का समाधान नहीं हैं, इसलिए वे अपनी धनराशि समुदाय – केंद्रित सेवाओं को देने लगे हैं।

बच्चों को उनके परिवार में ही रहना चाहिए, क्योंकि वहीं उनकी असली जगह है। सवाल यह नहीं है कि यह सच है या नहीं; सवाल तो यह है कि इसे कब और कैसे किया जाए।

पूरे संसार में कई देश अब भी असुरक्षित बच्चों की ज़रूरतें पूरी करने के लिए अनाथालय बना रहे हैं। ल्यूमॉस इस प्रवृत्ति को उलटने के लिए विश्वव्यापी प्रयास का नेतृत्व करने में मदद कर रही है। हमारी योजनाओं पर अमल बताता है कि ल्यूमॉस मॉडल कितना प्रभावी है। हम बच्चों को अनाथालयों के बजाय परिवारों में ही रखने के लिए संसार के निर्णयकर्ताओं को प्रभावित कर रहे हैं। हम यह देखना चाहेंगे कि हमने यूरोप में जो परिवर्तन किए हैं, वे पूरे संसार तक पहुँच जाएँ।

एक विश्वव्यापी मुहिम

यथास्थिति बदलने के लिए समय, राजनीतिक और सार्वजनिक इच्छाशक्ति की ज़रूरत होगी। इसके लिए अनाथालयों की अनुभूति और उनकी असलियत के बीच के अंतर को चुनौती देने के लिए संयुक्त प्रयास करना होगाः

- अनाथालय अनाथों से भरे नहीं हैं – वे तो उन बच्चों से भरे हैं, जिनके प्रेमपूर्ण परिवार हैं, लेकिन उन्हें बस समर्थन की दरकार है।
- उनमें से कई तो मुसीबतज़दा बच्चों के लिए दयालु या आवश्यक स्थान ही नहीं हैं।

- वे बच्चों के लिए सर्वश्रेष्ठ परिणाम प्रदान नहीं करते हैं।
- वे सबसे किफ़ायती समाधान नहीं हैं।

यह अद्वितीय और विशेष पुस्तक खरीद कर आप, दुनिया भर में परवरिश पद्धतियों में परिवर्तन ला कर हर बच्चे को परिवाल दिलाने के संधर्ष में मदद कर रहे हैं। जे के रोलिंग द्वारा संस्थापित हम एक ऐसा धर्मादाय संस्थान है, जो एक ऐसे भविष्य के लिए प्रयास करते हैं, जहाँ हर बच्चा एक सुरक्षित, प्यार भरे परिवार में बढे, उसे सफलता पाने में परिवार से सहायता मिले।

लुमॉस परिवार के बिख़रने के मूल कारणों पर प्रकाश डालता है – गरीबी, संघर्ष और भेदभाव – और दिखाता है कि बच्चों को परिवारों से मिलाया जा सकता है। केयर सिस्टिम में बदलाव लाने के लिए सरकारों पर दबाव डालकर, और साझेदारों के साथ वैश्विक विशेषज्ञता और क्षमता का निर्माण करके हम सुनिश्चित करते हैं, कि कोई भी बच्चा भुलाया न जाए।

हम ऐसे उजले भविष्य का मार्ग प्रशस्त कर रहे हैं जहाँ सभी बच्चे सुरक्षित और प्यार भरे परिवार में बढ़ सकते हैं।

हग लुमॉस हैं।

अधिक जानकारी के लिए wearelumos.org पर जाएँ।

जादू को साझा करने के लिए आपको
आमंत्रित किया जाता है

Harry Potter Book Night

यह पता लगाने के लिए कि आप कैसे मनोरंजन में
शामिल हो सकते हैं,
harrypotterbooknight.com पर जायें।

खेल, प्रतियोगिताएं, और मनोरंजन डाउनलोड करने के लिए

harrypotter.bloomsbury.com पर जायें।